Sur l'auteure

Née en 1984 à Amsterdam où elle réside toujours, Hanna Bervoets a exploré de nombreuses formes littéraires, du roman à l'essai, en passant par le scénario. En 2021, elle a été récompensée pour l'ensemble de son œuvre par le Frans Kellendonk Prize, le prix littéraire le plus prestigieux des Pays-Bas. Deux de ses romans, *Les choses que nous avons vues* (2022) et *Ivanov* (2023), ont été traduits en français.

HANNA BERVOETS

LES CHOSES QUE NOUS AVONS VUES

Traduit du néerlandais (Pays-Bas)
par Noëlle Michel

10/18

LE BRUIT DU MONDE

Nederlands
letterenfonds
dutch foundation
for literature

Cette publication a été rendue possible
grâce au soutien financier
de la Fondation néerlandaise pour la littérature.

ISBN 978-2-264-08104-9
Dépôt légal : mars 2023

Qu'est-ce que tu as vu, au juste ?

C'est fou comme on me pose encore souvent cette question, alors que j'ai quitté Hexa depuis déjà seize mois. Les gens persistent à essayer de me tirer les vers du nez, et quand ma réponse ne les satisfait pas – trop vague, pas assez choquante –, ils retentent leur chance en changeant un peu la formulation : « Mais quelle est la pire chose que tu aies vue ? » insiste Gregory, mon nouveau collègue au musée. « Comment c'était, exactement ? » – celle-là vient de ma tante Meredith, que je ne croisais plus depuis des années, sauf aux anniversaires de la mort de maman, et qui a soudain pris l'habitude de m'appeler chaque premier dimanche du mois pour me demander comment je vais et, ah oui, qu'est-ce que j'ai vu, au juste. « Choisissez une vidéo, une image ou un texte en particulier, qui vous a vraiment remuée » – tiens, la docteure Ana s'y met aussi : « Dites-moi ce que vous avez ressenti et pensé sur le moment ? Vous n'avez qu'à faire défiler la scène dans votre tête, comme un film, c'est ça, un film dans lequel vous êtes assise, en train de regarder cette vidéo dérangeante », et la médecin brandit une espèce de barre balayée par un point lumineux.

Vous aussi, vous faites de même, monsieur Stitic. Vous me téléphonez presque tous les jours. « Pouvez-vous me rappeler, madame Kayleigh ? » – savez-vous seulement que Kayleigh est mon prénom ? Non, n'est-ce pas ? Ce sont mes anciens collègues qui vous ont transmis mes coordonnées, bien sûr, et ils ne connaissent pas mon nom de famille, alors vous dites : « À propos, madame Kayleigh, qu'est-ce que vous avez vu, au juste ? »

Les gens font comme si cette question était on ne peut plus normale, mais où est la normalité quand on attend une réponse macabre ? Et puis, ce n'est pas comme si on se souciait de moi. Peut-être cette idée n'est-elle pas si absurde, peut-être ne pose-t-on jamais de questions par réel intérêt pour l'autre, mais plutôt par curiosité pour ces vies à côté desquelles on est passé (« Dites-moi, monsieur Stitic, c'est intéressant, le droit civil ? ») – toutefois, chez Gregory ou tante Meredith, ou même chez la docteure Ana, je décèle un certain goût pour le sensationnel, un besoin qui les pousse à m'interroger – mais c'est un puits sans fond.

J'ai vu une fille se taillader le bras en direct au moyen d'un canif bien trop émoussé, elle a dû appuyer fort avant de parvenir à saigner un peu. J'ai vu un homme donner à son berger allemand un coup de pied si brutal que la bête s'est écrasée en couinant contre le réfrigérateur. J'ai vu des enfants se mettre au défi d'avaler d'un coup une quantité aberrante de cannelle. J'ai vu des gens vanter par écrit les qualités de Hitler à leurs voisins, à leurs collègues ou à de vagues connaissances, comme ça, au vu et au su de tous, y compris de potentiels partenaires ou employeurs : « Hitler aurait dû finir le boulot », à côté d'une photo de migrants dans une embarcation de fortune.

Autant d'exemples éculés, vous le savez aussi, pas vrai ? Toutes ces histoires ont été racontées dans les journaux par d'anciens modérateurs, ce qui n'empêche pas que j'ai moi-même assisté à ce genre de scènes : les saluts nazis, les chiens maltraités – la fille à la lame de rasoir est même un classique. Il en existe des milliers, une dans chaque rue, du moins c'est ce que je me figure : la maison où la salle de bains reste allumée la nuit, c'est là qu'elle est assise, seule sur le carrelage dur et froid. Cependant, ce n'est pas ce que les gens ont envie d'entendre. Ils veulent que je leur donne du neuf, des choses qu'eux-mêmes n'oseraient jamais regarder, qui dépassent de loin leur imagination, voilà pourquoi Gregory demande : « Mais quelle est la pire chose que tu aies vue ? »

et non pas : « Comment va-t-elle, cette fille, tu as pu l'aider, peut-être ? » Mon Dieu ! Non, les gens n'ont pas la moindre idée de ce en quoi consistait réellement mon job, et c'est en partie à cause de vous, monsieur Stitic. À la suite du battage médiatique autour du procès que vous intentez au nom de mes ex-collègues, on suppose que nous étions assis derrière nos écrans, apathiques, que nous ne savions pas ce que nous faisions, ni dans quoi nous nous étions fourrés, qu'on nous bombardait sans aucune préparation de milliers d'images choquantes qui nous grillaient presque instantanément le cerveau – eh bien, ce n'était pas comme ça. Du moins, pas tout à fait, et pas pour tout le monde.

Je savais à quoi m'attendre. Je savais ce que je faisais et j'étais plutôt douée. Je me souviens de toutes les règles, et il m'arrive encore de les appliquer de façon mécanique, par déformation professionnelle, devant des séries, des clips vidéo, ou même quand je regarde autour de moi : les images de cette femme à scooter, là, qui vient d'être renversée, pourraient-elles rester en ligne ? Non, si on y voit du sang. Oui, si elles sont de nature incontestablement comique. Non, s'il est question de sadisme. Oui, si elles ont une valeur éducative, et bingo ! elles en ont une : l'allée qui mène au parking du musée est en effet un véritable chaos – « Ça ne peut plus durer, il est temps d'agir ! » Si je tape ce texte en dessous… – voilà ce à quoi je pense tout en déchirant quatre billets d'entrée. Non, je vous l'accorde, il n'est pas toujours agréable d'avoir l'esprit hanté par ces règles, mais vous savez quoi ? Quelque part, j'éprouve aujourd'hui encore une certaine fierté d'avoir si bien retenu les consignes – vous espériez un autre son de cloche, n'est-ce pas ?

Je n'ai répondu à aucun de vos e-mails. Je ne vous ai jamais rappelé non plus, je pensais que le message était clair. Je ne veux pas vous parler. Je ne veux pas me joindre aux autres requérants. *Je ne veux pas participer à votre procès.* Mais vous continuez de me téléphoner, vous persévérez, et j'ai reçu aujourd'hui votre deuxième lettre (vous avez une écriture élégante, monsieur Stitic).

Ne croyez pas que je ne comprends pas. Vous êtes avocat, c'est votre travail d'insister, et vous maîtrisez à la perfection les techniques de persuasion : j'ai bien remarqué que votre ton se faisait plus amical à chaque message vocal. Vous savez que j'écoute, vous savez que je m'habitue à votre voix, voilà pourquoi vous ne dites plus « madame Kayleigh », mais vous me donnez du « chère madame », puis vous évoquez tout à coup une « jolie somme en perspective », et pour être honnête, je trouve assez effrayant que vous sachiez à quel point j'aurais besoin d'une jolie somme ; mes ex-collègues vous ont sans doute parlé de mes dettes, je me demande si c'est conforme aux règles de protection de la vie privée, mais vous le savez mieux que moi, pas vrai ?

Encore deux ans au musée, et j'aurai tout remboursé. Enfin, à condition de travailler aussi les jours fériés, qui sont mieux rémunérés, il me reste donc à espérer qu'on fera appel à moi pour Pâques et le lendemain de Noël, parce que non, je ne me joindrai pas à vous, même si je comprends que mes anciens collègues le fassent.

J'ai lu que Robert dormait à présent avec son Taser, par crainte que des terroristes ne viennent le chercher la nuit (les noms ont été modifiés dans l'article de journal, mais je suis sûre que « Timothy » est en réalité Robert). J'ai également lu que « Nataly » ne supportait plus les bruits forts, la lumière vive, ni les mouvements inattendus en périphérie de son champ de vision (plusieurs employés souffraient de ces symptômes, si bien que je ne peux identifier Nataly avec certitude). Je sais que bon nombre de mes anciens collaborateurs se recroquevillent dès qu'ils sentent arriver quelqu'un derrière eux au supermarché, qu'ils traînent au lit toute la journée jusqu'au crépuscule, puis restent éveillés jusqu'à l'aurore ; trop épuisés pour chercher un nouveau travail, ils voient jour et nuit des choses que moi non plus je n'aime pas évoquer, et certains de ces troubles ne me sont pas étrangers, hélas. Et en effet, comme de nombreux ex-collègues, j'ai quitté Hexa de mon propre chef, c'est pourquoi, je vous le dis encore une fois, je comprends que vous veniez frapper à ma porte.

Cependant, afin de saisir le motif de mon refus, vous devez d'abord savoir quelque chose sur moi. Les images qui me tiennent éveillée la nuit, monsieur Stitic, ne sont pas les atroces photos d'adolescents en sang ou d'enfants nus, ce ne sont pas les vidéos de coups de couteau ou de décapitations. Non, les visions qui m'empêchent de trouver le sommeil sont celles de Sigrid, ma chère ex-collègue. Sigrid plaquée contre le mur, sans force, haletante – voilà les images que j'aimerais oublier.

C'est pourquoi je vous écris avec une idée en tête. Je vous propose un marché, un arrangement. Je vous parle des mois que j'ai passés chez Hexa, de ma fonction, des règles, de ces fameuses conditions de travail indignes ; bref, d'informations qui vous intéresseront à coup sûr.

Ensuite, je vous expliquerai pourquoi j'ai quitté Hexa. Je ne l'ai raconté à personne, mais je serai honnête, simplement honnête, de bout en bout. Alors, vous comprendrez pourquoi je ne serai jamais votre cliente, monsieur Stitic, et je vous assure même que vous n'aurez plus envie de m'assister.

En retour, vous tiendrez votre langue, et vous me laisserez tranquille. Plus d'e-mails, plus de coups de fil, vous ne viendrez plus sonner chez moi ; si mes ex-collègues vous posent des questions, vous n'aurez qu'à répondre que j'ai déménagé à l'étranger, inventez quelque chose, je suis sûre que vous faites ça très bien.

Attention : mes écrits ne constituent pas un témoignage officiel. Je ne citerai nulle part le nom de l'accusé, vous savez que j'enfreindrais mes dispositions contractuelles si je le faisais ; je me suis informée, je connais ma situation juridique, encore une fois : je ne reproche rien à personne. Je vous raconte simplement, juste une fois, mon histoire.

Les recrues d'octobre étaient au nombre de dix-neuf. Avant de commencer, nous avons suivi une formation obligatoire d'une semaine, dont je garde surtout le souvenir d'Alice, une blonde à béquilles qui avait peut-être trente ans de plus que la plupart d'entre nous. Lors d'une pause cigarette, Alice nous a confié qu'elle était éducatrice. Je me rappelle m'être demandé ce qu'elle faisait là. (Plus tard, Sigrid m'a raconté qu'elle s'était fait la même réflexion à mon sujet : que fait-elle là, cette Kayleigh ? Elle m'avait tout de suite remarquée, a-t-elle dit, elle me trouvait mystérieuse, avec mes cheveux courts et mon tee-shirt NOFX froissé, j'avais l'air de ne pas me soucier le moins du monde de ce que les autres pensaient de moi, ce qu'elle jugeait sexy au plus haut point.) Durant cette semaine, lorsque je détournais les yeux de mon écran pour regarder ailleurs à la dérobée, c'était Alice que j'observais, elle paraissait toujours très concentrée, ses béquilles adossées contre son bureau. Je la rejoignais pendant la plupart des pauses, elle aurait pu être ma mère et elle m'attirait d'une drôle de manière, pas forcément érotique. Alice parlait peu, elle était difficile à cerner, mais quand, le troisième jour, je l'ai entendue dire que les chewing-gums la dégoûtaient – « C'est la texture, comme si on mâchait de la morve » –, j'ai avalé mon Stimorol tout rond.

Je n'adressais pas la parole aux autres nouveaux. Je n'étais pas là pour me faire des amis, me répétais-je, car n'était-ce pas ainsi que la situation avait tourné au vinaigre, dans mon job précédent ? À cause, disons, de mon « côté amical », on avait bloqué ma carte de crédit. J'avais postulé chez Hexa, parce que le salaire y était vingt pour cent plus élevé qu'au centre d'appels où je travaillais. L'offre d'emploi ne mentionnait d'ailleurs pas grand-chose hormis une estimation de la rémunération, juste une description sommaire du poste : Hexa recherchait du « personnel de gestion de la qualité » – je dus vérifier ce que cela signifiait, mais pour les vingt pour cent de paye en plus, j'étais prête à ramasser les poubelles. Lors de l'entretien d'embauche, qui resta plutôt superficiel, j'appris que Hexa était un sous-traitant. En réalité, je devrais « évaluer du contenu » pour un géant technologique puissant, dont je n'aurais jamais le droit de citer le nom, ainsi qu'on me le précisa avant même de me montrer le moindre contrat. Je découvris rapidement que cette plate-forme, votre défendeur, fixait les horaires, règles et instructions. Et que tous les messages, photos et vidéos que nous aurions à évaluer avaient été signalés comme « offensants » par des utilisateurs ou des robots de cette plate-forme et de ses filiales. Nous, les braves recrues d'octobre, avons fait de notre mieux, le premier jour de formation, pour ne pas mentionner le nom de notre réel employeur, avant de nous apercevoir qu'il était cité librement par nos formateurs, un garçon et une fille qui, selon leurs propres dires, avaient eux-mêmes débuté au poste de modérateur, suggérant par là même, intentionnellement ou non, qu'une telle promotion était envisageable pour chacun d'entre nous (une perspective motivante qui poussa certaines recrues, je crois, à rester plus longtemps chez Hexa qu'il ne l'aurait fallu). La plate-forme pense ceci, la plate-forme autorise cela, disaient-ils, de sorte que nous avons vite compris que nous devrions surtout nous taire vis-à-vis du monde extérieur. Là, dans les bureaux de Hexa, à l'abri des regards, dans une zone d'activité avec son propre arrêt de bus, nous étions entre nous, frères et sœurs d'une société secrète. Cette formation était un baptême, un bizutage qui devait révéler si nous étions oui ou non dignes d'intégrer Hexa. Du moins, c'est ce que j'ai pensé à l'époque.

Le premier jour, on nous a remis deux dossiers. L'un contenait les conditions d'utilisation de la plate-forme, et l'autre les directives destinées aux modérateurs. Nous ne savions pas encore que ces dernières changeaient tous les quatre matins, et que le document que nous venions de recevoir était déjà obsolète. Nous n'avions pas le droit d'emporter ces dossiers chez nous, il fallait donc apprendre sur le tas. La première journée de formation, nous n'avons eu à traiter que des publications écrites, c'est à partir du troisième jour que nos écrans ont affiché photos, films et vidéos. La question était toujours la même : le contenu peut-il rester sur la plate-forme ? Et si non, pourquoi ? Il était plus difficile de répondre à la seconde interrogation. La plate-forme interdit une phrase du type « Tous les musulmans sont des terroristes », car les musulmans constituent une CP, une « catégorie protégée », tout comme les femmes, les gays et, croyez-le ou non, monsieur Stitic : les hétérosexuels. En revanche, pas de problème avec « Tous les terroristes sont des musulmans », parce que les terroristes ne sont pas une CP et, par-dessus le marché, le mot « musulman » n'est pas un propos offensant. La vidéo de quelqu'un qui jette son chat par la fenêtre n'est autorisée que si la cruauté n'est pas le motif du geste, la photo de quelqu'un qui jette son chat par la fenêtre est toujours autorisée, une vidéo où des gens s'embrassent dans un lit est permise tant qu'on ne voit ni organes génitaux ni tétons de femme, les tétons d'homme sont autorisés en toutes circonstances. Un dessin réalisé à la main d'un pénis dans un vagin, on laisse, des représentations numériques de vulve, on supprime, un enfant dénudé, on laisse seulement quand l'image illustre un article d'actualités, sauf si c'est en rapport avec la Shoah ; les photos de mineurs nus victimes de la Shoah sont interdites. La photo d'un revolver est conforme aux directives, sauf si l'objet est proposé à la vente. On a le droit de souhaiter la mort d'un pédophile, pas d'un politique, il faut supprimer la vidéo de quelqu'un qui se fait exploser avec conviction dans une classe de maternelle, et ce, pour cause de propagande terroriste, et non de violence ou de maltraitance d'enfants. Si nous nous trompions de catégorie, l'évaluation était considérée comme incorrecte, même si nous avions eu raison de supprimer la publication. Nous en avons passé en revue deux cents par jour, cette semaine-là (évidemment, une fois notre contrat signé, le nombre a augmenté), et à la fin de chaque journée, nous recevions nos scores. Hexa visait un taux de précision de quatre-vingt-dix-sept pour cent et, au début, je me rongeais les sangs quand je ne dépassais pas les quatre-vingt-cinq pour cent. Jusqu'à ce que je commence à épier l'écran de Kyo. Kyo, qui avait environ dix ans de moins que moi – les gribouillages au stylo sur son sac à dos trahissaient qu'il venait de quitter le lycée –, était souvent assis au bureau voisin du mien, et son score ne franchissait jamais les soixante-quinze pour cent. C'était plutôt encourageant. Cependant, le quatrième jour, quand Alice m'a raconté à l'arrêt de bus qu'elle avait jugé correctement pas moins de quatre-vingt-dix-huit pour cent de ses « tickets », j'ai décidé de me passer de bière ce soir-là, histoire de voir si mes performances seraient meilleures le lendemain.

Je ne sais pas comment Sigrid a vécu cette période. Si vous me demandiez à quel moment je l'ai vraiment remarquée pour la première fois, je vous répondrais : le dernier jour de notre formation, pendant notre « examen ». J'ai trouvé l'exercice assez bizarre, comme une sorte d'oral, mais en présence de toutes les recrues. On nous a fait venir un par un devant tout le monde. Puis on nous a montré un film ou une photo, et le candidat interrogé devait expliquer en quoi la publication respectait ou non les directives. Alice a eu droit aux images d'un bébé déposé sur un chemin de terre par une femme adulte pour être ensuite lapidé par deux garçons ; debout dans sa veste en jean trop large, elle a regardé la vidéo sans ciller et passé le test haut la main, appuyée sur sa béquille : « Maltraitance d'enfant, sous-catégorie mort violente, peut-être, pas d'apologie dans la légende toutefois, donc on laisse, mais en signalant le contenu comme choquant. » Sigrid s'en est bien tirée aussi, mais ce qui m'a le plus frappée, c'était son attitude. Alors que les autres formulaient leurs conclusions avec une pointe d'hésitation, mais en s'exprimant à peu près comme d'habitude, Sigrid s'est présentée devant nous avec assurance, les mains croisées, tel un majordome qui accueille les invités de son maître. « Ce que nous voyons ici, a-t-elle dit en articulant haut et fort, est un cas de contenu à caractère sexuel avec apparition à l'image d'un téton de femme à trois minutes quatre. L'aréole est bien visible, il convient donc de supprimer la publication pour cause de nudité féminine, quoiqu'il soit également question de sadisme, étant donné la légende : “J'espère que ça fait mal” ; les deux motifs peuvent être invoqués, il me semble. »

Il y avait quelque chose d'extrêmement comique dans la façon dont Sigrid s'adressait à nous, avenante, en nous considérant l'un après l'autre. Comme si elle plaisantait et parodiait les consignes – je crois que les formateurs aussi se sont demandé un instant si elle prenait sa tâche au sérieux. Mais elle avait répondu juste, et sa réaction en apprenant qu'elle était admise – elle a souri et hoché la tête plusieurs fois de suite, comme pour se convaincre elle-même qu'elle avait fait du bon travail – trahissait qu'elle avait réellement à cœur de réussir. C'était sa manière à elle de s'adresser à un public, et quand des semaines plus tard, derrière les casiers du vestiaire, elle m'a raconté qu'elle avait bossé dans des bars, les dernières pièces du puzzle se sont mises en place. (À ce moment-là, je ne me suis pas risquée à l'interroger sur la raison qui l'avait poussée à quitter ce secteur, je ne voulais pas lui donner des idées – en effet, que fabriquait-elle encore là, alors qu'elle aurait pu retourner servir des bières ?)

Au cas où ce point vous intéresserait : mon propre examen s'est moins bien déroulé que ce à quoi je m'attendais. Ma vidéo montrait un homme au bras en feu, les flammes semblaient se propager dans son dos, mais l'extrait était court, le contexte flou. J'ai demandé à revoir les images, dans l'espoir de repérer comment son bras s'était enflammé, mais en vain. Avais-je affaire à un acte de violence, à un accident, à un canular ou à une déclaration politique ? – dans ce dernier cas, la séquence devait de toute façon rester en ligne, sa suppression injustifiée aurait constitué une atteinte à la liberté d'expression. J'ai dû demander à la formatrice à la visionner une troisième fois, mais avec le volume à fond ; c'était la bonne décision, à présent tout le monde pouvait entendre que l'homme hurlait, un cri aigu et strident comme celui d'une fillette – je ne l'oublierai jamais, mais à ce moment précis, c'était le cadet de mes soucis. Non, là, face à toutes les nouvelles recrues, je m'en voulais surtout de ne pas avoir saisi plus tôt de quoi il s'agissait. Ma frustration a baissé d'un cran lorsqu'une fille a quitté la pièce au beau milieu de son examen – sa vidéo montrait un type en train de se taper un boxer – pour revenir dix minutes plus tard, les yeux rougis. En fin de compte, nous avons tous été embauchés, même la fille qui s'était barrée.

Alice a été la seule à refuser de signer. Il se peut que ma mémoire me joue des tours, mais je crois vraiment que c'est l'événement qui m'a le plus affectée, cette semaine-là.

Bien. Maintenant, passons aux choses que vous avez sûrement envie d'entendre, monsieur Stitic – vous êtes prêt ? Pour commencer : tout ce que racontent mes ex-collègues sur nos conditions de travail exécrables est vrai. Est-ce que nous n'avions que deux pauses, dont une d'à peine sept minutes, que nous passions à faire la queue pour accéder aux deux uniques W-C disponibles ? Absolument. Est-ce qu'on nous demandait des comptes si nous traitions moins de cinq cents tickets par jour ? Oh que oui. Est-ce que nous recevions un avertissement sérieux dès que notre score chutait sous la barre des quatre-vingt-dix pour cent ? Et comment ! Est-ce qu'ils viraient ceux qui étaient abonnés aux scores insuffisants ? J'ai entendu des histoires de ce genre. Et la pointeuse qui se déclenchait sitôt que nous quittions notre bureau, même si c'était juste pour nous dégourdir les jambes ? Oui, ça se passait comme ça chez Hexa.

Cependant, venons-en à ce qui vous intéresse le plus : qu'en était-il de l'accompagnement psychologique ? Eh bien, là encore, je ne peux qu'abonder dans le sens de mes ex-collègues, je n'en ai pas vu grand-chose. Une fois, un thérapeute nous a rendu visite, un type de petite taille aux sourcils épais qui traînait parfois dans les couloirs, et que Sigrid et moi avions baptisé « Super Mario », après l'avoir aperçu en salopette bleue à l'arrêt de bus. J'étais persuadée qu'il bossait au service technique, mais apparemment il avait suivi une formation en psychologie.

« Est-ce que vous voulez partager ce que vous avez sur le cœur ? » nous a-t-il demandé un jour. C'était juste après l'esclandre avec Robert, moi-même je travaillais chez Hexa depuis quelques mois, je ne sais pas si on vous en a parlé, mais Robert était « un peu surmené », ainsi que l'a formulé Super Mario, je crois. Je m'en suis aperçue dès son arrivée, ce matin-là. En principe, en débarquant à l'étage, les gens cherchent vite un bureau libre, si possible sans trop de taches poisseuses, de préférence près d'une fenêtre. Mais Robert n'a pas regardé les bureaux près des fenêtres, il n'a pas du tout regardé les bureaux, parce qu'il ne cherchait pas de place libre, il cherchait Jaymie, l'un de nos « experts thématiques ». Aussi appelés « ET », les experts thématiques étaient chargés de nous évaluer, ils calculaient notre score à partir d'échantillons de nos tickets. Bien qu'ils soient en fait nos supérieurs, ils partageaient l'espace de travail des modérateurs. Entre nous, j'ai toujours trouvé ça bizarre. À la place de Hexa, j'aurais installé les ET ailleurs, à un étage équipé de portes coulissantes blindées, par exemple, ça aurait permis d'éviter que des garçons bien intentionnés comme Robert ne balancent soudain un Taser dans le dos de garçons bien intentionnés comme Jaymie, un mercredi matin. Je ne suis même plus sûre du pourquoi du comment. Robert avait supprimé une publication dans laquelle quelqu'un était menacé de mort, mais Jaymie avait jugé sa décision injustifiée, parce que la menace visait une personnalité publique, or les personnalités publiques ne forment pas de catégorie protégée, sauf s'il s'agit d'activistes ou de politiques – à moins que ce ne soit l'inverse, peut-être que Robert avait laissé la publication, et que Jaymie avait considéré la victime des menaces comme un activiste et non une personnalité publique. Quoi qu'il en soit, Jaymie avait désapprouvé le choix de Robert, et ce n'était pas la première fois, le score de Robert tournait autour des quatre-vingts pour cent depuis un certain temps, je crois. Et Robert avait alors pensé que ce serait une bonne idée de menacer Jaymie avec un pistolet à impulsion électrique, histoire de rebooster son score – quand on parle de mauvaises décisions…

Cette information vous intéressera peut-être aussi : il n'y avait pas de gardiens à notre étage. Robert est donc resté planté là, son Taser appliqué entre les omoplates de Jaymie. Celui-ci n'a pas bougé, c'est tout juste s'il a lancé un truc du genre « Calme-toi » ; tout le monde les observait, de sorte que Robert a fini par rougir et que le cou de Jaymie s'est couvert de plaques, comme s'ils avaient été surpris en pleines frasques sexuelles, exposés à tous les regards une fois arraché le rideau dissimulant leur lit. « Merde, a finalement dit Robert. Va te faire foutre, Jaymie, j'me casse ! »

Ensuite, nous n'avons pas revu Robert pendant quatre jours, mais la semaine suivante il était de retour comme si de rien n'était, même s'il gardait sa capuche sur la tête – personne ne lui a demandé de l'enlever. Tout le monde était au courant de ce qui s'était passé, y compris celles et ceux qui n'avaient pas assisté à la scène, et pourtant, Robert a eu le courage de revenir, d'admettre : je ne peux pas faire une croix sur Hexa, je ne peux pas faire une croix sur Jaymie, j'ai besoin de ce job – et vous savez quoi, j'ai trouvé ça rudement classe de sa part.

Maintenant, vous aimeriez que je vous dise si Robert a eu un entretien avec Super Mario à cette période, bien sûr, mais je suis désolée, je ne peux pas vous répondre avec certitude. Tout ce que je sais, c'est que le lendemain de l'explosion de Robert, ce type a tenu une audience dans une salle à l'étage au-dessus du nôtre, il avait sa propre fontaine à eau, et une boîte de mouchoirs trônait au milieu de la table – je me souviens d'avoir pensé : mon Dieu, c'est vraiment comme ça que ça se passe, avec des mouchoirs en papier sur la table ? Nous étions une trentaine de modérateurs assis en rond, à peu près la moitié de ceux qui étaient de service le matin où Robert avait pété les plombs. Je ne connaissais que Kyo et Souhaim, qui, comme Robert, étaient devenus mes amis.

Je n'ai pas prononcé un mot de toute la séance. Parce que je comprenais Robert. Nos scores comptaient, c'était pour eux que nous nous démenions, et si les miens avaient stagné à un niveau insuffisant, moi aussi j'aurais été frustrée. « Je n'ai rien de spécial à dire », ai-je donc avancé, et je m'apprêtais à partir, quand Mario a lancé : « J'imagine qu'il vous est peut-être déjà arrivé de voir des choses choquantes. »

Je ne plaisante pas ! Il a vraiment dit ça : *J'imagine qu'il vous est peut-être déjà arrivé de voir des choses choquantes.* J'ai regardé Kyo, qui hochait la tête d'un air distrait, et Souhaim, j'ai échangé un coup d'œil avec lui, et il a discrètement haussé un sourcil. Quelle arrogance, cette remarque de Mario – il sollicitait ma confiance, mais semblait débarquer à l'entretien sans la moindre préparation, alors non, hors de question de lâcher quoi que ce soit. Avant la fin de la séance, je me suis levée et je suis retournée à mon bureau, où j'ai passé le reste de l'après-midi à enrager, parce que ce contretemps allait m'empêcher d'atteindre mes objectifs de la journée. Mes collègues et moi n'avons jamais revu Mario ; personnellement, je n'ai pas trouvé ça très sérieux.

J'espère que vous avez pris des notes sur tout ce qui précède.

« Mais comment diable as-tu réussi à tenir le coup dans ces conditions ? » C'est ce que ma tante Meredith a voulu savoir, quand les premiers articles sur notre travail sont parus dans la presse. J'imagine que vous vous le demandez aussi. Soit, avant de poursuivre, voici deux raisons.

La première : j'en avais déjà vu des vertes et des pas mûres avant de débarquer chez Hexa. Comme je vous l'ai dit, je bossais alors dans un centre d'appels, j'étais « assistante du service clientèle » pour le sous-traitant d'un gros fabricant de meubles qui faisait venir ses produits de Chine ou de je ne sais où, de sorte que les sofas en velours rose et autres guéridons rétro en laiton se perdaient au moins quatre fois dans les centres de distribution internationaux avant d'arriver à l'adresse de leur nouveau propriétaire. En attendant, les clients m'appelaient à longueur de journée ; je bénéficiais peut-être de pauses un peu plus longues que chez Hexa, mais j'étais beaucoup moins bien payée, et au centre d'appels aussi, la pointeuse se déclenchait dès que je me levais, et je devais aussi atteindre des objectifs, idéalement quinze appels téléphoniques par heure, le tout avec un score moyen de satisfaction de huit et demi : essayez donc d'y parvenir quand on ne cesse de vous marteler que les promesses de livraison du site Internet sont contractuelles, qu'on voulait offrir cette lampe d'opaline à sa fille pour son anniversaire et que toute la fête a été gâchée, parce que le cadeau n'était pas là. Lorsque la réussite d'un anniversaire dépend d'une lampe d'opaline, il y a un truc qui cloche, enfin on peut le supposer, mais on ne le dit pas, non, on se mord la langue toute la journée, car si on s'avise par mégarde de répondre par des paroles sensées – « Mais madame, est-ce vraiment si grave ? » –, ils se mettent à hurler, oui, parmi les quinze appelants, au moins quatre commencent à vous crier dessus et à vous invectiver, ils vous traitent de connasse et ensuite ils demandent à parler à votre responsable : *votre responsable*, vous ne savez même pas s'il y en a un, vous ne connaissez que Gerry à l'étage en dessous et la femme qui vous a fait passer l'entretien d'embauche, mais bien sûr, c'est la dernière chose dont celle-ci a envie de s'occuper, et tandis que vous expliquez à la cliente pourquoi vous ne pouvez pas la mettre en relation avec votre responsable, vous priez pour qu'elle soit pressée, pour que sa fureur soit attisée par le stress, parce qu'elle a des courses à faire ou des enfants à aller chercher, vous espérez qu'elle va raccrocher avant que la voix féminine préenregistrée puisse lui demander si elle est satisfaite, mais non ! Évidemment, ce sont toujours les mécontents qui laissent leur avis, et alors que vous vous représentez votre score de satisfaction en chute libre, la collègue assise en face de vous fond en larmes, parce qu'on l'abreuve de je ne sais quelles injures, cette pauvre fille grimace à qui mieux mieux en tentant de réprimer ses sanglots, et pendant ce temps-là, vous avez le regard rivé sur sa cavité buccale luisante de salive.

Bref : mes premiers jours chez Hexa furent une bouffée d'oxygène. Quel soulagement, je me disais, qu'il était merveilleux de ne pas se faire houspiller en permanence. Certes, les publications que je devais évaluer contenaient parfois des jurons parfaitement odieux. Mais au moins, ils ne s'adressaient pas à moi.

« Mais comment diable as-tu réussi à tenir le coup dans ces conditions ? »

Soit, voici la raison numéro deux : pendant les premiers jours, j'avais la tête ailleurs. J'avais d'autres préoccupations, et mon emploi m'offrait une distraction salutaire, même si j'avais peu de contacts avec mes collègues à ce moment-là, et quand j'ai fini par me rendre compte à quel point les conditions de travail étaient merdiques, je m'y étais déjà plus ou moins habituée – bizarre, pas vrai ? Laissez-moi vous expliquer ça un peu mieux. Si vous voulez comprendre pourquoi je suis restée si longtemps, vous devez d'abord savoir dans quelles circonstances et pour quelles raisons j'ai accepté ce job.

Mon premier véritable jour de travail chez Hexa était un mardi. En réalité, j'étais censée commencer la veille, mais cette semaine-là, Yena n'était disponible que le lundi à trois heures de l'après-midi pour boire un verre avec moi, et j'ai donc changé mes horaires avant même d'avoir vraiment démarré ; j'ai trouvé miraculeux qu'on ne me renvoie pas sur-le-champ. Yena était mon ex-petite amie. Nous avions fait connaissance au centre d'appels (ne vous ai-je pas dit que je me liais trop facilement ?) et nous avions passé exactement un an ensemble, dont onze mois de vie commune dans la maison que j'ai héritée de ma mère.

« Je suis sûre que tu as déjà couché avec plein de filles, pas vrai ? » a dit Yena la toute première fois où elle est restée dormir. Nous étions allongées dans ce qui avait été autrefois ma chambre d'adolescente, dont j'avais retiré des années auparavant les posters de Green Day et autres photos de skateurs, que j'avais roulés et embrassés avant de les faire disparaître dans le tiroir du nouveau lit double, et ce fut là, dans ce lit à baldaquin au décor un brin trop racoleur, que je fis l'erreur de répondre par un bête sourire à la remarque de Yena au sujet de mes nombreuses conquêtes. « J'ai donc vu juste », a-t-elle conclu, et comme nous avons ri toutes les deux, j'ai pensé que ce n'était pas grave. Je n'avais connu que très peu de filles. Mais je me suis dit : laissons-la croire ce qu'elle veut, puisque, apparemment, cela me rend plus attirante.

La vérité, c'est qu'avant Yena je n'avais eu qu'une seule relation sérieuse. Barbra avait quinze ans de plus que moi, nous nous étions rencontrées quand j'avais dix-sept ans et que ma mère venait d'être hospitalisée pour la deuxième fois – je vous laisse le soin de l'interprétation psychanalytique, monsieur Stitic. Au moment où ma mère est morte, j'habitais déjà chez Barbra. Je louais la maison familiale (qui m'appartenait désormais, mon père ayant pris ses cliques et ses claques quelques années plus tôt) à une bande d'étudiants, quand, six ans plus tard, Barbra m'a demandé si j'étais d'accord pour que son nouveau coup de cœur, Lilian, une masseuse d'à peine vingt ans, emménage avec nous. Nos adieux furent affectueux, je ne peux pas dire le contraire. Nous nous sommes séparées comme deux moitiés de gâteau scindées avec une précision délicate par un couteau soucieux de ne pas abîmer les roses en massepain. Barbra m'a aidée à me débarrasser dans les règles des locataires de la maison de ma mère, et quand j'ai rempli les valises à roulettes qu'elle avait achetées exprès pour moi – elle ne voulait pas que je m'éreinte à porter des cartons ou des sacs-poubelle –, j'ai constaté que j'étais surtout soulagée : au fond de moi, j'avais toujours su que je n'oserais jamais quitter cette femme qui avait tant fait pour moi.

Je me suis sentie libre, ces premiers jours, seule dans la demeure où j'avais appris à parler et à jouer de la guitare. J'ai fait ce que je n'avais jamais eu le droit de faire quand j'y habitais encore : j'ai laissé les sacs-poubelle s'accumuler dans la véranda, je me suis nourrie de pizzas-baguettes matin, midi et soir – comme si je souhaitais signifier à la maison qu'elle m'appartenait, désormais, que c'était moi son seigneur et maître, moi qui commandais. J'ai passé des journées entières à jouer aux jeux vidéo, toute seule dans mon lit ou sur le canapé avec Mehran, qui était encore mon meilleur ami à l'époque. Mais ensuite, le réfrigérateur est tombé en panne. La tondeuse était en rade depuis un moment dans la remise, l'herbe gagnait la véranda. Entre-temps, la machine à laver fuyait tellement que la salle de bains se retrouvait inondée à chaque lessive, je m'étais mise à porter des protège-slips pour économiser mes culottes. « Tu as besoin de nouveaux appareils, a dit Mehran un après-midi, quand je lui ai tendu une barquette de fromage frais liquéfié. C'est malsain, un frigo cassé », et il m'a fixée d'un œil sévère jusqu'à ce que j'admette que je n'avais pas les moyens d'en changer.

C'est ainsi que je me suis retrouvée au centre d'appels. Avant que Yena m'invite à sortir avec elle, j'avais embrassé Lorna (qui, je suppose, espérait surtout aguicher Mitch en dansant langoureusement avec moi), et c'était sans doute la raison pour laquelle Yena tâtait le terrain au sujet de mon prétendu tableau de chasse. Mon Dieu, comme j'ai regretté de ne pas lui avoir dit tout de suite la vérité. *Une femme, je n'ai connu qu'une seule femme, et les trois dernières années avec elle, nous n'avions plus de relations sexuelles*, mais non, je n'ai rien dit. J'ai laissé Yena croire que j'étais une sorte de Casanova, et à partir de là, à peu près chaque fois que nous voyions passer une femme à la télé ou sur un écran de téléphone, elle me demandait ce que je pensais d'elle. Quelle note je donnerais à cette fille, et à ses lèvres, si je devais les évaluer séparément, ses fesses étaient-elles beaucoup plus rondes que les siennes ? Et la superbe actrice principale de cette série policière, imaginons qu'elle surgisse tout à coup devant moi, est-ce que j'essaierais de la séduire ? Et cette Miss météo et notre voisine et jusqu'à sa propre sœur, est-ce que je les trouvais attirantes, et qui était la plus désirable : elle ou sa sœur, non, ha ha, elle allait trop loin, n'est-ce pas ? – « Je rigole, hein », concluait Yena.

Je commençais à me rendre compte que le problème ne venait pas de moi. C'était l'idéal de beauté imposé par la société, la peur de l'abandon et la haine de soi appris dans l'enfance, blablabla, du baratin de presse féminine, mais je prenais tout ça à cœur. Les doutes de Yena étaient autant de bulles de savon que je devais en permanence faire éclater, comme dans un jeu sur mon téléphone, sauf qu'elles devenaient de plus en plus nombreuses et que je ne voulais pas perdre, je ne voulais pas *la* perdre, parce qu'elle riait de mes blagues et me disait que j'étais belle, et qu'elle comprenait quelles séries policières étaient géniales et pourquoi, et la nuit, quand sa tête reposait sur ma poitrine, juste à la bonne hauteur en raison de sa petite taille, elle parvenait à ralentir les battements de mon cœur – ralentir, oui, et c'était précisément ce dont j'avais besoin. Aussi, lorsque, après nos premières semaines de relation, elle a commencé à me demander de lui acheter des bricoles, de manière subtile, pour ainsi dire en passant, j'ai accueilli ses souhaits comme autant de boussoles, d'indications pratiques et concrètes qui me permettraient de lui prouver mon amour.

Une grande télévision, pour que nous n'ayons plus à subir les caprices de mon ordinateur portable quand nous visionnions nos séries – hé, on en profiterait toutes les deux, pas vrai ?

Un canapé-lit, afin que sa sœur, qui habitait à cent quarante kilomètres, ne soit pas toujours obligée de reprendre la route le même jour. Cette petite robe à manches bouffantes, parce qu'elle avait maigri et que tous ses vêtements lui rappelaient ses anciennes rondeurs. Ce pantalon taille haute, parce qu'elle avait grossi et qu'elle ne se sentait plus belle dans rien. Peut-être qu'on aurait pu aller dîner dans un restau chic à l'occasion, par exemple celui aux plantes grimpantes que nous n'arrêtions pas de voir sur les photos des autres, parce que nous ne nous parlions plus beaucoup ces derniers temps et, la semaine prochaine, nous serions ensemble depuis exactement sept mois, n'est-ce pas ? Un *city trip* à Paris, pourquoi pas, parce qu'on se disputait si souvent, et n'avais-je pas dit moi-même que ça nous ferait du bien de changer d'air quelques jours ? Et puis cette platine, comme ça elle pourrait s'entraîner à la maison, ce serait un job d'appoint très lucratif, et il était temps qu'elle apprenne à penser à elle. Une perruque, deux perruques, parce que, bien sûr, il lui fallait un vrai look, et puis un bon appareil photo, tant qu'à faire, parce qu'elle devait vendre ce look avec un minimum de professionnalisme, naturellement. D'ailleurs, avec une voiture, elle pourrait se rendre beaucoup plus rapidement aux spectacles, et si elle avait un meilleur téléphone, nous pourrions au moins nous appeler en visio le jour où elle devrait s'absenter pour une plus longue période, et mince alors, la discothèque où elle devait se produire n'avait pas écoulé assez de billets, et apparemment elle devait rembourser une partie des frais engagés si la soirée était annulée, bande de connards avec leurs clauses en petits caractères : est-ce que je n'aurais pas la somme en espèces, à tout hasard ?

« Elle se sert de toi », m'a dit Mehran un soir où Yena n'était pas là. Nous jouions à un nouveau jeu de tir qu'il avait apporté, Mehran venait de dégommer une horde de zombies.

« Elle se sert pas de moi, je l'aide dans sa nouvelle carrière, ai-je grommelé en rechargeant mon arme.

— Elle a quoi, à peine quarante abonnés sur les réseaux sociaux, a dit Mehran avant de se cacher derrière un baril d'essence.

— Ce genre de choses prend du temps.

— Elle est avec toi pour le fric.

— Pour le fric ? » J'ai ri et abattu un hélicoptère en secouant la tête : « Mec, je suis fauchée comme les blés !

— C'est bien ça le problème, et tu le sais », a rétorqué Mehran, et il a baissé sa manette pour me dévisager, sur quoi j'ai gagné la partie.

Bien, monsieur Stitic, à présent, vous savez dans les grandes lignes ce qui s'est passé avant mon arrivée chez Hexa. J'étais plus ou moins ruinée lorsque je suis entrée dans le café, ce lundi avant de commencer mon nouveau job. Je n'avais pas vu Yena depuis deux mois et je pensais sincèrement avoir tourné la page, je m'étais même mise à lui en vouloir, au grand soulagement de Mehran. Mais quand je l'ai aperçue, assise à cette petite table beaucoup trop basse, les épaules voûtées devant son téléphone, j'ai senti mon estomac se retourner. Elle avait changé quelque chose à ses sourcils, je l'avais déjà remarqué sur son profil, ils étaient beaucoup plus fournis, tous les poils rassemblés en un trait épais et sombre, comme pour barrer son front. Le résultat ne me plaisait pas, mais je trouvais ses efforts attendrissants. Tandis que je la dévisageais, elle m'a dit qu'elle était désolée. Elle était désolée, et je lui manquais.

Elle me manquait aussi, j'ai répondu. Je lui ai parlé de mon nouvel emploi, lui ai annoncé que ma situation financière allait rentrer dans l'ordre, parce que j'avais conclu un accord avec ma banque – mais elle n'a pas réagi. Yena s'est comportée comme si mes dettes n'existaient pas, à l'image d'un homme qui met sa petite amie en cloque et lui reproche ensuite de ne pas avoir pris la pilule : mes dettes, c'était mon problème, un enfant illégitime dont elle ne souhaitait rien savoir. Une attitude dégueulasse, bien sûr, mais quand nous nous sommes quittées par une accolade et un baiser sur la bouche juste un peu trop appuyé, je ne lui en voulais déjà plus – la formule magique « Tu me manques » avait fonctionné : peut-être devrions-nous réessayer. Mais cette fois, sans emménager tout de suite ensemble, en prenant notre temps et en partageant les factures de manière équitable. Croyez-le ou non, ce sont ces pensées qui m'occupaient l'esprit, mes premiers jours chez Hexa.

À chaque pause, je me précipitais au vestiaire pour vérifier sur mon téléphone si Yena m'avait répondu, oui, je me retrouvais là, telle une junkie secouée de frissons, en compagnie des quelques collègues eux aussi assez fous pour échanger un écran contre un autre. Les téléphones étaient strictement interdits à l'étage, car nous n'avions pas le droit de photographier ni d'enregistrer quoi que ce soit de ce que nous voyions, et là, dans l'attroupement devant les casiers, je me sentais comme un soldat au bureau de poste de campagne, espérant un nouveau portrait de sa belle, un billet par lequel elle lui signifiait qu'elle pensait à lui. Pourtant, étrangement, quand ledit soldat revenait du front pour une journée, il avait toutes les peines du monde à voir sa fiancée. Elle devait mixer dans un club sur lequel je ne trouvais aucune information. Ou bien elle devait une fois de plus dormir chez sa sœur et serait de retour le surlendemain. Elle ne recevait pas mes messages, parce que son téléphone était fichu, oh ! Elle s'était bien fait avoir en l'achetant, il lui en fallait un nouveau – suggérait-elle à grand renfort de clins d'œil.

« Maintenant ça suffit ! » a lancé Mehran un vendredi soir. Il a posé une main entre mes omoplates, davantage pour me soutenir que pour me réconforter – la main d'un père sur le dos de son fils qui apprend à faire du vélo. « Tu mérites mieux », a-t-il dit, et cette fois, je n'ai pas bronché.

Quand je suis retournée travailler le dimanche suivant, j'ai choisi un casier proche du sol de façon à ne pas pouvoir accéder facilement à mon téléphone, et ce jour-là, pour la première fois depuis des semaines, je suis sortie prendre l'air pendant ma pause. Nous étions fin novembre, partout des collègues étaient adossés par petits groupes contre les murs ou les lampadaires, le soleil bas projetait leurs ombres allongées sur le bitume. Ils buvaient et fumaient ce que je prenais alors pour de l'eau et des cigarettes, et l'espace d'un instant, j'avais de nouveau douze ans, je ne savais pas vers quelle bande me diriger dans la cour d'école, jusqu'à ce que je repère Sigrid, Kyo et un garçon en sweat à capuche que je ne connaissais pas, assis sur un muret, une sorte de parapet qui séparait le parking de l'allée.

« Salut ! » ai-je lancé avant même d'arriver à leur niveau. « Salut, a aussitôt répondu Sigrid. Kayleigh, c'est ça ? » Elle a souri en tirant sur ses gants, ils étaient trop petits, et les manches de sa veste trop courtes, de sorte qu'elle avait beau tirer, ses poignets restaient découverts, et il me faudrait encore un certain temps pour comprendre que cette manie de tripoter ses gants était un tic nerveux. Pour l'heure, dans sa veste en cuir étriquée, Sigrid avait surtout l'air drôlement cool. « On fait face à un dilemme, a-t-elle dit en me faisant signe de m'asseoir près d'elle, sur le muret. Robert, qui est juste ici, vient de voir la vidéo d'un cinglé quelconque qui jouait sur son lit avec deux cadavres de chatons. En d'autres termes, pas de violence explicite envers des animaux, puisque les bestioles étaient déjà mortes avant le début du film. » À ce moment-là, Sigrid a regardé Robert, le garçon en sweat à capuche. Je me suis demandé pourquoi il ne portait qu'un pull en coton par de telles températures, et Robert a hoché la tête, les épaules remontées pour lutter contre le froid : « Ils étaient raides comme des piquets », a-t-il marmonné, et Sigrid a poursuivi : « On pourrait se dire : il faut la laisser, c'est pas très différent de ces photos de gens qui pleurent la disparition de leur cochon d'Inde, sauf que…

— … le cinglé en question a publié plus tôt une vidéo où on le voit tuer les chatons », a complété Kyo. Il avait repris le mot « cinglé » de Sigrid, et en prononçant « tuer », sa voix s'était étranglée, comme si elle muait – pas plus de dix-sept ans, ai-je pensé à nouveau.

« Il est donc bien question de violence explicite envers des animaux, sous-catégorie mort violente, a dit Sigrid. Ce type a étouffé les chatons et leur a peut-être même brisé la nuque, mais pour le savoir, il faut avoir vu la vidéo précédente ; autrement dit, que faire du film où on le voit seulement jouer avec les bêtes crevées ?

— Le laisser en ligne », j'ai répondu du tac au tac. Sigrid, Kyo et Robert m'ont fixée d'un air interrogateur et, l'espace d'un instant, j'ai eu l'impression d'être un véritable oracle. « Du moment qu'il y a pas de commentaires cruels, en tout cas. Sans texte, la vidéo respecte les directives, la précédente ne compte pas, Jaymie ne peut vraiment rien contre toi si tu la laisses. »

Sigrid a opiné du chef. « Je te l'avais dit », a-t-elle conclu, et Kyo a souri, peut-être soulagé que la discussion prenne fin, mais Robert s'est contenté de secouer la tête. « Putain, alors je me suis planté » – puis il a allumé une cigarette roulée de ses doigts légèrement tremblants.

Robert, Kyo, Sigrid. Et plus tard Souhaim et Louis. Voilà les personnes qui allaient compter le plus pour moi durant cette période chez Hexa, et que j'apprendrais à aimer sincèrement. Sigrid et les garçons s'étaient déjà rapprochés depuis un moment, bien que je n'aie jamais vraiment compris ce qui les liait – peut-être tout bêtement la même chose que ce qui m'attirait vers eux : nos conditions de travail, au sens large du terme. Comme moi, Kyo, Souhaim et Sigrid faisaient partie des recrues d'octobre, aux scores devenus entre-temps honorables. C'était avec Robert, Louis et encore une fois Sigrid que mes horaires coïncidaient le plus – de sorte que Sigrid et moi côtoyions par exemple Louis un peu plus souvent que Souhaim, qui bossait parfois le soir. De plus, mes nouveaux collègues étaient les seuls à savoir ce que je voyais durant la journée, ce que ça faisait et ce que ça signifiait, même si nous n'abordions pas beaucoup ce dernier point ; pendant nos heures de travail, nous discutions surtout de ce qu'il convenait ou non de supprimer. Parfois, l'un de nous disait : « Je viens de voir un truc vraiment gravos, les mecs », alors nous hochions la tête, nous savions qu'il fallait le laisser tranquille. En dehors du boulot, en revanche, c'était une autre histoire. Vous voulez savoir ce que nous faisions ? Très bien : suivez-moi, je vous embarque dans le café où nous avions nos habitudes.

Le bar des Sports est situé à seulement un arrêt de bus de notre zone d'activité, près d'un magasin de bricolage, d'un concessionnaire auto et de deux restaus routiers qui se livrent une concurrence féroce, et qui de ce fait offrent tous deux depuis peu des sodas gratuits avec leur menu à volonté. Nous sommes en décembre, plus exactement la veille de Noël, voilà deux mois que je travaille chez Hexa, et depuis cette fameuse pause avec Sigrid, Robert et Kyo sur le muret, je m'enfile des cocktails B-52 ici tous les soirs. Après un mois de novembre rigoureux, la période des fêtes s'annonce douce mais pluvieuse, il y a, incroyable mais vrai, un sapin de Noël dans le hall de Hexa, et les fenêtres du bar des Sports sont décorées de guirlandes lumineuses qui clignotent ; en réalité, elles demeurent suspendues là toute l'année, mais je l'ignore encore. En revanche, Louis est au courant, il travaille depuis plus d'un an chez Hexa et se plaint souvent de la vitesse à laquelle ses collègues changent de job : vous devez promettre de rester, nous supplie-t-il parfois, ce qui nous flatte, bien sûr. À côté de lui est assis Souhaim, qui est un peu plus âgé que les autres et a étudié le français. Avant Hexa, il était traducteur free-lance, mais les commandes se faisaient de plus en plus rares, jusqu'à ce que l'an dernier il en vienne à ne plus effectuer que des HIT, ou *human intelligence tasks* : des microtâches pour autoentrepreneurs en ligne, qui lui rapportaient une somme dérisoire pour chaque traduction de notice de médicament ou de mode d'emploi de four. Hexa lui a promis qu'il monterait vite en grade, peut-être en tant qu'ET pour le marché français, mais chaque fois que Souhaim revient à la charge, personne n'est fichu de lui dire quand ça arrivera – tout cela, je ne le sais pas encore non plus, à ce réveillon, parce que Souhaim parle rarement de lui. Il préfère disserter sur les différences de qualité entre toutes sortes de bières, et fait preuve d'une extrême générosité lorsqu'il s'agit de payer des tournées, nous avons du mal à suivre, et ce soir encore, nous transvasons ce qui nous reste dans les verres moins remplis de nos camarades ; celui qui a le moins d'alcool en reçoit le plus, c'est automatique, cette routine caractérise notre amitié.

Écoutez, la chanson *All I Want for Christmas Is You* passe à la radio. Derrière nous, sur l'autoroute, des gens qui cherchent à rejoindre leur famille sont bloqués dans les embouteillages, d'autres vont grossir les rangs des églises en vue de la messe de minuit, pour prier au-dessus d'une crèche en plastique et réfléchir à l'année qui vient de s'écouler, peut-être, et quel est le sujet de nos conversations à nous ce soir-là, de quoi discutons-nous, là, sur nos tabourets de bar ?

De rien du tout. Oui, nous bavardons, nous rions et, Dieu merci, nous décompressons, pointant le match, une rediffusion, sur les écrans au-dessus de nos têtes. Comme toujours, Louis crie le plus fort, et avant même d'avoir porté sa deuxième bière à ses lèvres, il a déjà braillé qu'il serait temps pour cette lopette de se sortir les doigts du cul et d'apprendre à courir.

« Bordel, c'est quoi cet enculé de tire-au-flanc, sûr qu'ils marqueront jamais comme ça, ils sont encore plus lents à écraser l'adversaire que Hitler à écrabouiller les Juifs – hé, visez-moi ça, les potes, vous avez vu ce qui vient d'entrer ? Non, ne regardez pas tout de suite, bande d'idiots, maintenant, oui, à trois heures, là-bas, matez-moi ça, vous croyez que quelqu'un lui est déjà passé dessus sans avoir à gerber après ? Pourvu qu'elle vienne pas poser son cul ici avec ses vingt tonnes, sinon on verra plus rien, hé, Robert, va vite t'asseoir sur le tabouret vide avant que cette gouine nous le pique ! »

Et on rigole, ça oui. Oui, on rit tous, même si Kyo est en léger surpoids (« potelé comme un bébé », comme on aime à lui dire), que je suis gouine, que Souhaim est noir et que Louis est d'ailleurs lui-même juif, nous nous esclaffons chaque fois de ce genre de blagues, autant par habitude que par une sorte de processus de reconnaissance, parce que c'est le langage dont on invective gays, Juifs, Noirs, migrants et toutes les CP imaginables, le langage, en somme, auquel nous faisons face à longueur de journée au boulot. Est-ce que nous ridiculisons cette façon de parler quand nous lâchons que les Juifs ont sans doute repris notre bar préféré, parce que, voyez vous-même, les portions de *nuggets* sont minuscules, de nos jours ?

J'aimerais répondre que oui, mais ce n'est pas aussi simple. Certes, le recours à ce style d'humour est déjà une plaisanterie en soi ; autrement dit, nous sommes conscients de l'ironie qu'il y a à répéter précisément le type de paroles que nous avons passé la journée à censurer – mais nos bouffonneries relèvent beaucoup moins d'une forme de jugement moral que d'un flirt émoustillant avec l'interdit, et peut-être d'une façon de nous prouver, à nous-mêmes et aux autres, que nous avons la peau dure, que nous ne mâchons pas nos mots : non, pas question de nous laisser bouffer par notre travail, quelque chose de cet ordre – même si on peut croire le contraire en nous entendant parler de la sorte, et peut-être que je surinterprète, peut-être que les autres ont toujours trouvé absolument hilarantes les blagues sur les « lopettes ». Quoi qu'il en soit, aucun de nous ne se sent vraiment visé, j'imagine, seul Souhaim lance parfois un truc du genre « Mec, arrête un peu tes conneries » en levant un sourcil, ce qui peut tout aussi bien exprimer l'agacement que l'indifférence. En ce réveillon de Noël, c'est notre serveuse favorite qui intervient en douceur. « Offert par la maison, dit Michelle en posant sur le comptoir un plateau couvert de *shots*. Et maintenant, *peace and love*, OK ? »

« Ouais, grave, *peace and love*, bordel », approuvons-nous en tordant nos doigts dans tous les sens pour parvenir à trinquer avec nos verres minuscules, les boissons fluorescentes débordant sur nos mains qui resteront poisseuses jusqu'à la fin de la soirée.

C'est Kyo, le plus jeune de la bande, qui a prononcé le mot « ami » pour la première fois. C'est arrivé à la suite d'un incident survenu fin janvier. Le temps était maussade depuis des jours, et nous étions pas mal déprimés et lessivés après les fêtes, pendant lesquelles de nombreux modérateurs avaient pris des vacances, nous forçant à doubler, voire à tripler nos horaires de travail. « Regardez ! a soudain crié quelqu'un, Louis, je crois. Il y a un type, là-bas ! »

Nous avons regardé dehors, et en effet, sur le toit du bâtiment d'en face se tenait un homme, il n'était pas très loin de nous, je pense qu'il remplissait exactement l'espace entre mon pouce et mon index tendus. Il a fait un pas en avant, en direction du bord, et nous nous sommes tous levés, y compris Jaymie et les deux autres ET. Nous étions quatre-vingts personnes à nous presser contre la vitre, pendant que les pointeuses sur nos écrans égrenaient les secondes : l'homme reculait à présent d'un pas, peut-être pour prendre de l'élan. D'où nous étions, nous avions une vue dégagée de l'endroit où il atterrirait, seules quelques voitures étaient garées sur le parking, le cabriolet pourrait amortir sa chute, me suis-je surprise à penser. Dans les vidéos de ce genre, en général, on n'apercevait pas le sol, et dans ce cas, les images pouvaient rester en ligne, mais il ne s'agissait pas d'une cascade, d'une blague ou d'un acte militant, nous étions sûrs de voir du sang et peut-être même des bouts de l'intérieur de son corps, donc c'était interdit, voilà ce que je me souviens d'avoir songé, et peut-être que d'autres se sont dit la même chose, mais personne n'a ouvert la bouche, jusqu'à ce que Louis crie : « Bordel, t'as qu'à sauter, enfoiré ! » Certains ont ri nerveusement, mais le visage de Louis s'est durci. Sa voix s'était brisée sous l'effet de l'angoisse quand il avait prononcé le mot « enfoiré », et il avait compris que nous l'avions tous remarqué. « Il faut faire quelque chose », a dit quelqu'un, et bien qu'un murmure approbateur se soit aussitôt élevé, personne n'a bougé le petit doigt.

À notre décharge, que pouvions-nous faire ? Nous n'avions pas nos téléphones sur nous, notre service n'avait même pas de ligne fixe – à l'évidence, la plate-forme paniquait à l'idée que nous puissions transmettre les données personnelles d'utilisateurs malveillants (à qui les aurions-nous dénoncés, au nom du ciel ?). J'ai observé Jaymie, mais lui non plus ne semblait pas pressé d'aller récupérer son téléphone au vestiaire, nous étions tous paralysés, les yeux rivés sur le toit d'en face, comme si nous pouvions rattraper l'homme avec nos regards.

J'ai de nouveau baissé les yeux, et c'est là que je l'ai vue. Quatre étages en dessous, tout en bas, quelqu'un traversait le parking en direction du bâtiment. « C'est qui ? » ai-je demandé à voix basse, mais je le savais déjà, même si j'avais du mal à le croire ; pendant tout ce temps, j'avais eu l'impression de visionner un film, et voilà qu'un visage familier surgissait à l'écran, quelqu'un qui se tenait près de moi quelques instants auparavant, comme dans ce film d'horreur où la fille sort de la télé, mais à l'envers.

« Hé, c'est Sigrid ! » s'est écrié Kyo d'une voix exaltée, comme si le cheval sur lequel il avait parié piquait soudain un sprint. Nous la fixions tous, à présent, une boule noire qui roulait vers l'immeuble d'en face jusqu'à ce que l'avalent deux grandes portes vitrées coulissantes. J'ai senti une vague de chaleur m'envahir la nuque. Sigrid arriverait-elle à temps ? Et pourquoi n'avais-je pas eu l'idée de descendre moi-même ?

Nous avons reporté nos regards vers le toit. « Oh ! » ai-je entendu autour de moi quand un second type est apparu. Tous deux se sont accroupis en même temps, comme s'ils se prosternaient devant quelque chose, un Être suprême qui les aurait bénis depuis le ciel gris de janvier, mais les hommes ne regardaient pas en l'air, ils avaient les yeux baissés et se sont mis à taper sur je ne sais quoi en faisant de grands gestes théâtraux avec les bras.

« Mon Dieu, a dit Louis, ce ne sont que des ouvriers ! » Le tremblement dans sa voix n'avait pas tout à fait disparu.

« Bordel, putains d'ouvriers », renchérirent d'autres d'un ton qui trahissait leur colère, comme si le mec sur le toit avait appelé à l'aide et nous avait dupés. Nous nous sommes rassis derrière nos bureaux aussi vite que nous nous étions levés, pour découvrir que nous venions de perdre neuf précieuses minutes.

Le temps que Sigrid revienne, nous nous étions tous remis au travail. Elle devait se douter que nous avions déjà compris de quoi il retournait, mais ça ne l'a pas empêchée de s'immobiliser sur le pas de la porte. « OK, les gars, a-t-elle articulé d'une voix claire et forte, tout va bien, ils sont juste en train de réparer le toit. »

J'ai hoché la tête avec quelques autres – « OK, c'est bon à savoir, merci, Sigrid » –, mais Louis, bien sûr, Louis s'est mis à beugler : « Merci, connasse, on était déjà au courant ! »

Ce n'était pas méchant de sa part – pour nous, « connasse » relevait davantage du surnom affectueux que de l'insulte –, mais Kyo s'est tout de même levé. Il s'est dirigé d'un pas décidé vers le bureau où était assis Louis, tout le monde s'est retourné. « Arrête, mec, a dit Kyo. On parle pas comme ça à une amie » – et avant que Louis ait pu répondre, Kyo a poursuivi son chemin en direction de Sigrid, qui était toujours plantée à l'entrée de la pièce. Il l'a prise dans ses bras, elle l'a laissé l'étreindre avec solennité, et pour la seconde fois en un quart d'heure, je me suis maudite de ne pas avoir réagi : ce matin-là, les occasions de jouer les héros se multipliaient, et je restais les bras ballants, à me contenter du rôle de spectatrice.

Pendant la pause, l'ambiance n'était pas la même que d'habitude, dans un sens positif : nous étions surexcités, nous avons braillé, peut-être même gloussé. Certes, nous avions éprouvé une peur bleue à cause de l'homme sur le toit, mais en fin de compte, il ne s'était rien passé, et nous ressentions à présent un mélange de soulagement et d'autoapitoiement des plus agréables, parce qu'après tout, qu'est-ce qui nous avait amenés à croire que ce type allait sauter ?

« Les milliards de vidéos que nous avons vues et où ça s'est produit », a marmonné Robert, les yeux rouges, en allant s'asseoir sur notre muret, et nous avons acquiescé, nous sentant probablement aussi sublimes que pathétiques. Robert a fait tourner un joint. À ce moment-là, je savais déjà qu'il mettait une quantité délirante de hasch dans ses roulées, et en principe, je refusais toujours ses mélanges, mais cette fois, même moi, j'ai pris une taffe, nous en avons tous pris une, Robert, Sigrid, Souhaim, Kyo et jusqu'à Louis, et je suis certaine que les mots prononcés un peu plus tôt par Kyo nous ont traversé l'esprit à tous : *On parle pas comme ça à une amie* ; une amie, oui, nous étions des amis – pour autant que je sache, cela n'avait jamais été exprimé aussi clairement auparavant, et, je l'avoue, on aurait dit que nous venions de sceller une sorte de pacte : dans le feu de l'action, l'amitié s'était laissé débusquer, en quelque sorte.

J'ai dévisagé Sigrid. Elle était sur le point de prendre une troisième taffe. J'ai observé sa queue-de-cheval serrée, ses longs doigts fins qui repassaient le pétard à Louis avant d'ouvrir un petit pot de baume à lèvres : qui était cette femme, au fond, que savais-je d'elle ?

Mes yeux se sont attardés quelques secondes de trop. Sigrid a surpris mon regard et m'a souri d'un air de reproche.

Ce soir-là, nous nous sommes embrassées pour la première fois. Après le travail, Robert a fait tourner un deuxième joint et, à l'arrêt de bus, nous avons tous bu une gorgée de la flasque en corne très chic de Souhaim, de sorte qu'à notre arrivée vers dix-neuf heures au bar des Sports, nous étions pleins d'entrain – en vérité, nous chahutions comme si notre équipe venait de remporter une médaille olympique. À l'intérieur, des gens dansaient. Une pratique peu courante dans ce café, mais Michelle devait avoir senti que ses clients étaient d'humeur, elle avait mis la musique à fond. Une fille recrutée en même temps que nous embrassait un type immense, il me fallut un peu de temps pour le reconnaître ; c'était John, qui portait toujours des chemises à carreaux bleus au bureau, mais qui à présent se déhanchait dans un tee-shirt trempé, au tissu imbibé de sueur alors qu'il ne faisait chaud ni dehors ni dedans.

Comme je ne suis pas du genre à danser, je suis allée m'asseoir sur l'un des derniers tabourets libres. Sigrid s'est plantée debout près de moi, la musique était trop forte pour pouvoir parler, et donc aussi pour refuser de nouveaux *shots*, et pour être honnête, mes souvenirs de notre premier baiser sont plutôt flous. Plus tard, quand Sigrid et moi serons séparées quelques jours, je me remémorerai pourtant ce baiser en me masturbant, et au fil du temps, mon souvenir de ce fantasme deviendrait plus précis que celui de la soirée elle-même. Dans celui-ci, Sigrid ne me quitte pas des yeux. Elle fait tout pour me toucher, se penche de façon exagérée sur moi lorsqu'elle prend une nouvelle bière sur le plateau. Toujours dans mon imagination, je pose une main sur sa cuisse, sur quoi elle secoue la tête en rougissant, puis je me rends aux toilettes, où elle me rejoint aussitôt. Elle me prend par l'épaule pour me faire pivoter vers elle et je la pousse contre le mur ; nous bloquons le couloir étroit qui mène aux sanitaires et, quand nos lèvres se touchent, en général, j'ai déjà joui, et si ce n'est pas le cas, je passe à un autre souvenir, une image qui date de quelques semaines plus tard : nous sommes dans mon lit et Sigrid est assise sur moi, « Vas-y, plus loin ! » crie-t-elle en esquissant une grimace aussi laide que lubrique, et le fait de penser à ce regard, à ce visage tordu par le plaisir qui évoque aussi une certaine tristesse, ça marche à tous les coups. Mais si vous me demandez à quoi ressemblait vraiment notre premier baiser, je suppose qu'il n'était pas très différent de celui de John dans son tee-shirt trempé avec la fille de ma « promo ». Deux personnes qui savent, au fond d'elles-mêmes, qu'on les observe, mais qui se laissent entraîner l'une par l'autre et rouler jusqu'en bas de la montagne, l'alcool faisant office de force de gravité. « Vous avez pas arrêté de vous rouler des pelles, a dit Kyo le lendemain matin, des pelles, des pelles, encore et encore ! » Il paraissait surexcité, comme si nous étions ses parents divorcés en train de s'enticher à nouveau l'un de l'autre : je crois que nous avons tous ri, surtout à cause du contraste entre l'enthousiasme de Kyo et nos infectes gueules de bois.

Quand mon attirance pour Sigrid a-t-elle basculé, quand suis-je tombée amoureuse ? J'ai du mal à identifier le moment exact, il faut dire que nous avons toutes les deux pris ce premier baiser à la légère. Cependant, j'avais envie d'aller plus loin. Cette semaine-là, chaque fois qu'un collègue proposait de se rendre au bar des Sports, Sigrid vérifiait d'abord si j'y allais aussi avant d'acquiescer, et ça me donnait le vertige. Nous nous embrassions de plus en plus souvent et, après les soirées qui ne se terminaient pas en roulage de pelles, dans mon lit, je me demandais si mes avances n'avaient pas été trop tièdes, pour mourir de honte le lendemain matin, soudain convaincue que je m'étais au contraire montrée trop entreprenante. Je me suis mise à boire davantage. Parfois même dès les pauses, et au plus tard à l'arrêt de bus. Mais que voulez-vous, nous avons tous augmenté notre consommation d'alcool ; un après-midi, Sigrid a vidé cul sec la flasque de Souhaim, après quoi Louis a applaudi, et Souhaim lui a lancé un regard faussement indigné.

Un matin, une ou deux semaines après ce premier baiser, Sigrid m'a tout à coup annoncé qu'elle n'irait pas au bar des Sports, ce soir-là. J'étais surprise, je me suis sentie percée à jour et ridiculisée : pourquoi devait-elle me le faire savoir dès neuf heures du matin, et pourquoi sur ce ton d'excuse ? Étais-je donc si facile à cerner ? Pour démontrer que sa présence ne me faisait ni chaud ni froid, je me suis rendue au bar en compagnie de Robert et de Louis cet après-midi-là, et nous n'avions pas grand-chose à nous raconter, mais l'avantage, c'est que je n'ai presque rien bu et que je suis rentrée tôt pour me branler avant d'aller dormir, de sorte que je suis arrivée au boulot le lendemain sans gueule de bois pour la première fois depuis des jours.

« Ce soir, je retourne au bar avec vous », m'a chuchoté Sigrid tandis que nous marchions vers notre coin habituel sur le parking, l'après-midi suivant. Même si cette perspective me plaisait, j'étais un peu vexée. « C'est toi qui vois », j'ai répondu du ton le plus monocorde possible, et Sigrid a alors fait une chose qu'elle n'avait encore jamais faite. Là, sur notre muret, pour la première fois, elle m'a pris la main. D'un geste presque désinvolte, comme si elle avait sorti sans façon son téléphone de sa poche. Elle ne m'a même pas regardée, elle a continué de discuter de je ne sais quoi avec Souhaim. Un instant, j'ai eu envie de retirer ma main, mais au lieu de ça, j'ai pressé la sienne. Ça s'est fait tout seul, de manière quasi automatique, j'ai serré ses doigts de toutes mes forces, jusqu'à ce qu'elle ne puisse plus me lâcher, même si elle l'avait voulu.

Est-ce le moment ? Celui où je suis véritablement tombée amoureuse ? Peut-être pas, monsieur Stitic. Peut-être que l'amour n'est pas une carte de fidélité sur laquelle on coche toutes les cases « sentiments » et « étapes », mais simplement la somme de nos désirs et de nos peurs. Le désir est apparu de façon assez soudaine, en vérité depuis ce premier baiser ; la peur, en revanche, a grandi petit à petit : celle qu'elle ne vienne pas au bar des Sports ce soir-là, celle que nous ne nous embrassions pas cette fois-là, celle qu'elle change d'avis – telles furent, à peu de chose près, les phases au fil desquelles je tombai amoureuse.

La première fois que nous avons couché ensemble n'avait rien de mémorable. En revanche, la première fois que nous nous sommes réveillées ensemble l'était, malgré l'heure atrocement matinale, six heures et quart, parce que je devais commencer aux aurores. Il faisait encore nuit quand je suis entrée dans la station-service la plus proche pour acheter du café et des muffins au chocolat. Les deux autres clients m'ont vue débarquer, apparition blême aux épaules tombantes, ils m'ont peut-être même trouvée louche, à cause de mon pantalon de survêtement et de mon sweat à capuche noir, mais mon Dieu, une femme superbe m'attendait dans mon lit et, en réglant mes achats, j'étais si euphorique que j'ai dit au garçon à la caisse de garder la monnaie, même s'il y avait presque de quoi se payer un paquet de cigarettes.

« Parlez-moi de votre relation », a demandé la docteure Ana lors de notre deuxième séance. Nous étions assises dans une pièce qui ressemblait étrangement à un salon, je me suis demandé si la docteure Ana s'y réfugiait seule, le soir, pour lire son journal. Des œuvres d'art décoraient les murs, et aucune boîte de mouchoirs en papier ne trônait sur la table ; la médecin avait dit que je pouvais retirer mes chaussures si je le souhaitais, mais je les avais gardées.

« Que voulez-vous que je raconte ?

— Ce qui vous vient à l'esprit, a-t-elle répondu en se réchauffant les mains autour de son verre de thé.

— Je ne sais pas ce que vous avez envie d'entendre », j'ai dit, sur quoi elle m'a assuré, sans se départir de son sourire amical, qu'il n'y avait pas de bonnes ni de mauvaises réponses.

Je devais avoir l'air d'une plouc qui entrait à reculons dans sa propre thérapie. Ce n'était pas tout à fait le cas, tante Meredith avait tout arrangé, et je me sentais obligée (vis-à-vis d'elle et de son porte-monnaie) de donner une chance à la docteure Ana. Par ailleurs, j'avais conscience que j'en serais plus vite débarrassée si j'y mettais de la bonne volonté, et puis, vous savez quoi, j'aimais bien la docteure Ana, j'*appréciais* qu'elle ait préparé du thé pour moi. Cependant, je devais me montrer prudente. J'avais quitté Hexa deux mois auparavant et je n'avais pas revu Sigrid depuis tout ce temps. Qu'est-ce que la femme en face de moi voulait que je raconte, que pensait-elle pouvoir exhumer ?

« Que faisiez-vous ensemble, à l'époque ? » a-t-elle encore demandé. J'ai regardé le tableau derrière elle, une silhouette sombre, plus ombre qu'être humain, les bras tendus en avant comme des bâtons. Peut-être est-ce cette drôle de peinture, ou peut-être le silence plein d'empathie de la médecin, mais j'ai soudain senti quelque chose de noir et de visqueux s'immiscer en moi.

« On faisait ensemble ce qu'on avait l'habitude de faire seules auparavant, j'ai fini par répondre. Travailler, dormir et aller au bar des Sports » – c'était vrai, monsieur Stitic.

Mais ce n'était pas toute l'histoire.

Sigrid avait cinq ans de plus que moi. Elle habitait un appartement petit mais aménagé avec goût, où nous n'allions jamais. Elle n'avait pas de désir d'enfant, pas de dettes, elle sortait d'une relation de sept ans avec un homme et était restée en bons termes avec lui, en particulier parce qu'ils se partageaient la garde d'un berger allemand ; l'animal vivait chez son ex, Pete, car sa maison était plus grande : un dimanche sur deux, Sigrid partait en promenade autour du lac avec Pete, l'ex, et Mickey, le chien (je craquais devant les photos où elle posait avec cette espèce de peluche géante). Sigrid ne regrettait rien, comme elle aimait à le répéter. Enfin, à une exception près : elle n'avait pas de diplôme. À dix-sept ans, n'ayant plus envie d'aller à l'école, elle avait décrété ne pas être faite pour les études, et ses parents lui avaient donné raison ; elle leur en voulait toujours, rabâchant qu'ils avaient sans doute agi pour des raisons financières, au point que j'en venais à douter qu'elle en soit réellement convaincue. Pendant des années, Sigrid avait travaillé dans des bars, d'abord comme danseuse, avant d'être reléguée au rang de serveuse, plaisantait-elle, mais ses genoux s'étaient mis à lui jouer des tours, elle s'était lassée du travail de nuit, et elle espérait que son nouvel emploi chez Hexa lui permettrait d'économiser pour financer des études, plus tard.

Nous fréquentions de moins en moins le bar des Sports. Nous pouvions tout aussi bien nous soûler à la maison, et à moindre coût. En plus, après notre première nuit, dans le secret de mon cœur, je n'avais plus envie de partager tout le temps Sigrid avec les garçons, je voulais apprendre à la connaître vraiment, tout savoir d'elle, je n'acceptais plus de gaspiller nos rares heures de liberté à discuter de buts refusés par l'arbitre ou de la taille des verres de bière européens par rapport aux américains. Et puis, je l'avoue, j'appréciais aussi d'être au lit avant neuf heures, comme ça je n'étais pas trop fatiguée pour la faire jouir un bon coup.

Sigrid était très différente de Yena. « Je vais cuisiner ce soir », a-t-elle annoncé après quelques jours seulement. J'ai cru un instant que j'avais mis le grappin sur une sorte de cordon-bleu, mais j'allais trop vite en besogne : les pâtes du dîner étaient trop cuites, et la sauce tomate trop liquide. Sigrid a éclaté de rire en me voyant terminer mon assiette. « Désolée, c'était vraiment raté. Je n'aurais jamais cru que tu mangerais tout ! » J'ai ri avec elle, surprise et soulagée, mais aussi un peu honteuse, car j'avais fait mine d'aimer le repas par crainte de déclencher la colère de Sigrid (Yena se serait fâchée à coup sûr). Par chance, elle avait interprété ma réaction différemment : « C'est si gentil d'avoir fait attention de ne pas me vexer », a-t-elle répété le reste de la soirée.

Sigrid semblait très sûre d'elle ; en cela également, elle se distinguait de Yena. Elle savait ce qu'elle faisait et ce qu'elle voulait, pas question de « tâter le terrain » ou de « tester, pour voir », elle m'avait choisie, moi, le meilleur chiot de la portée, et elle ne paraissait pas douter un seul instant de mes sentiments pour elle. Avec raison, car c'était précisément son assurance qui m'attirait au plus haut point, je ne l'en estimais que davantage, même si je restais un peu sur mes gardes pendant cette lune de miel, surtout quand Sigrid a commencé à faire les courses deux, trois fois par semaine pour nous. Elle savait que j'étais endettée et insistait pour tout payer ; elle n'aurait pas accepté ne serait-ce qu'une tomate de ma part. Et pourtant, les premières fois où Sigrid a déposé ses sacs en plastique blanc sur mon plan de travail, j'avais du mal à croire qu'elle ne finirait pas par sortir un ticket de caisse d'une de ses poches, de sorte que, durant des semaines, j'ai mis de l'argent de côté, au cas où. Cependant, Sigrid ne réclamait jamais rien, au contraire : après un mois et demi de relation, elle m'a demandé ce que j'aimerais pour mon vingt-septième anniversaire, dont la date approchait. « Rien ! » ai-je répondu, parce que je connaissais le montant de son salaire, et que je savais pour quelle raison elle épargnait. Je lui ai fait jurer de ne rien m'acheter, et elle a tenu parole, même si, en fin de compte, elle m'a offert un merveilleux cadeau, qui a achevé de dissiper mes derniers doutes.

Ce matin-là, nous ne devions travailler ni l'une ni l'autre, et elle avait préparé le petit déjeuner : toasts, œufs, jus d'orange, tout le tralala. Une enveloppe était adossée à mon *mug* : « Un e-mail de mon véto, a dit Sigrid.

— Comment ça ?

— Lis, tu verras bien ! »

C'était tellement gentil. Mon Dieu, j'en aurais pleuré, parce que le message évoquait mon passé, un événement dont je n'avais parlé qu'à Sigrid.

L'histoire de mon hamster, Archibalt.

J'avais sept ans quand on me l'a offert. Archibalt était plutôt grand pour un hamster, il avait des yeux énormes et une fourrure épaisse toute dorée, il était si mignon et adorable qu'en le voyant en photo on en venait à se demander s'il était vrai. Chaque fois que je rentrais de l'école, il se mettait debout en s'accrochant aux barreaux de sa cage à l'aide de ses pattes avant, puis balançait son petit corps en direction du plafond grillagé dans un mouvement qu'on pouvait qualifier sans exagération d'acrobatique. Il restait suspendu la tête en bas, comme un paresseux – sa façon habituelle de me saluer. En guise de remerciement, je lui donnais un morceau de biscuit, qu'il fourrait dans ses joues dès qu'il avait retrouvé l'abri de la sciure. Tous les soirs, je venais m'asseoir près de sa cage et je lui racontais quels enfants de ma classe avaient ou non daigné m'adresser la parole ce jour-là, et deux ans plus tard, je lui confiais aussi régulièrement comment allait ma mère, et ce que mon père avait dit que le docteur avait dit. Archibalt écoutait toujours, il fermait les yeux lorsque je le chatouillais derrière les oreilles. Quand je repense aux efforts que ça devait lui coûter de se suspendre à l'envers pour m'accueillir, je ressens encore l'envie de serrer la petite créature contre moi. « Oh, Archibalt ! » ai-je soupiré la première fois que j'ai parlé de lui à Sigrid. Elle venait de me montrer une photo de Mickey le berger allemand, et nous en étions, je crois, à ce stade de la relation où les conversations ressemblent parfois à des interviews, nous adorions ces échanges sans fin, preuve que l'intensité de l'amour n'est pas proportionnelle à la quantité d'informations qu'on possède sur l'autre : nous tentions de combler le fossé entre nous par des questions, je suppose, et j'ai détaillé à Sigrid tout ce dont j'ai pu me souvenir au sujet d'Archibalt, y compris la façon dont s'était achevée notre vie commune.

Un après-midi, mon père est venu me chercher à l'école plus tôt que d'habitude. Ma mère devait subir une opération, il m'a prévenue que la soirée serait longue. À onze heures et demie, nous étions encore dans la salle d'attente, il m'a demandé si je voulais rentrer à la maison, et j'ai songé à Archibalt, qui devait tourner en rond tout seul dans sa litière depuis des heures. Cependant, mon père paraissait fatigué, j'ai cru lire dans son regard qu'il n'avait pas très envie de faire l'aller-retour en voiture, il resterait dormir à l'hôpital de toute façon, et pour être honnête, je pense que l'idée de passer la nuit toute seule ne me tentait pas beaucoup. Quand nous sommes rentrés chez nous le lendemain après-midi, Archibalt n'avait pas été réapprovisionné en nourriture et en eau depuis près de quarante-huit heures. J'ai donc été agréablement surprise de le voir entamer son numéro d'acrobate habituel dès que je suis entrée dans ma chambre. Mon petit Archibalt était là, costaud comme tout, fièrement suspendu la tête en bas. Sauf qu'il a à peine réagi lorsque j'ai tenu un morceau de biscuit devant son museau. J'ai caressé sa petite tête avec précaution, et dans mon souvenir, il a fermé ses yeux, lentement mais avec dignité. Puis, tout à coup, son corps s'est mis à trembler, tel celui d'un coureur qui vient de franchir à grand-peine la ligne d'arrivée, je l'ai vite sorti de sa cage et déposé sur mes genoux. Archibalt était si léger, il ne pesait pas plus qu'une prune sur mes cuisses, j'y étais habituée, mais cette fois, la prune n'a pas roulé dans tous les sens, comme d'ordinaire, cette fois ma petite prune est restée immobile, pour ne plus jamais soulever les paupières.

J'avais toujours su que c'était ma faute. C'est pourquoi, quand j'ai raconté à Sigrid quel péché j'avais commis peu avant mes onze ans, j'ai eu l'impression de lui ouvrir en quelque sorte le tréfonds de mon âme. Cependant, elle n'a pas paru choquée ou étonnée, mais plutôt pensive, comme si je lui avais soumis une équation que je ne parvenais pas à résoudre toute seule. « Mmmh, a-t-elle fait. Un hamster peut se passer de nourriture un moment, non ? Quel âge avait Archibalt, tu dis ? » Elle a ajouté que je n'y étais sans doute pour rien et j'ai trouvé ça gentil, mais je ne l'ai pas crue, bien sûr, et à présent, le jour de mon anniversaire, je découvrais cette enveloppe devant ma tasse de café fumant.

« Si la cage n'était pas installée en plein soleil ou dans un courant d'air, ai-je lu, alors il est en effet possible et même probable que l'animal soit mort de vieillesse. En général, les hamsters peuvent facilement se passer de nourriture pendant deux jours, ils se constituent souvent des provisions. » Signé : le vétérinaire qui avait castré le berger allemand de Sigrid.

C'était le plus beau cadeau que j'aie jamais reçu, mais je n'en ai rien dit. Je craignais que ma confession paraisse invraisemblable, je crois, et j'avais peur de froisser Sigrid en balbutiant des remerciements maladroits. Je l'ai laissée me serrer dans ses bras et j'ai passé le reste de la journée à penser à la lettre, si bien qu'au travail j'ai gardé un sourire idiot face à la vidéo d'un homme en combinaison rouge qui était abattu d'une balle dans le dos par un tireur d'élite invisible.

« Qu'est-ce que vous éprouviez exactement, quand vous étiez avec elle ? »

Je crois me souvenir que c'était la question suivante de la docteure Ana, l'après-midi où nous avons évoqué Sigrid.

« Ce que j'éprouvais ? j'ai demandé.

— Oui, qu'éprouviez-vous auprès d'elle ?

— Je me sentais bien. J'étais sur un petit nuage.

— Pourquoi ça ? »

Il ne me vint à l'esprit que des clichés idiots qui, si je les avais exposés à voix haute, auraient fait injure non seulement à Sigrid, mais aussi à ma propre éloquence, et je ne voulais pas que la docteure Ana me prenne pour une gourde, même si nos échanges étaient laborieux. Voilà pourquoi j'ai botté en touche et parlé du cadeau d'anniversaire de Sigrid ; la docteure Ana a pris des notes, soufflé sur son thé et hoché la tête comme si elle avait été témoin de la scène et que je lui rafraîchissais la mémoire en évoquant mes souvenirs. « Tout cela est très touchant », a-t-elle dit.

J'ai acquiescé, bu une gorgée de mon thé et, tout à coup, je me suis gonflée de fierté. Une étrange fierté, comme si je venais de passer un examen difficile et que la docteure Ana m'annonçait que j'avais réussi. Sur le moment, j'étais soulagée, mais plus tard, alors que je marchais en direction de la station de métro, ce sentiment s'est estompé. J'avais été stupide de parler de Sigrid à la docteure Ana. J'ai accéléré le pas sans me retourner et éteint mon téléphone. Comme si la médecin était susceptible de me rappeler à tout instant, déçue, pour me faire savoir que finalement j'étais recalée, parce qu'elle avait découvert que j'avais triché.

Je pense que nous étions ensemble depuis sept semaines quand Sigrid a lu un livre sur l'alimentation et le cerveau. Nous devrions manger plus de légumes, a-t-elle déclaré, et aussi beaucoup plus d'acides gras et de protéines : « Ça nous aidera à nous sentir mieux. » Je ne lui ai pas demandé, ce soir-là, ce qu'elle entendait par « Ça nous aidera à nous sentir mieux ». Au lieu de ça, j'ai rétorqué, ne plaisantant qu'à moitié : « Ma chérie, on s'enfile tous les jours au moins quatre canettes de bière, ce n'est pas très bon non plus, non ?

— C'est différent, on en a besoin », a répondu Sigrid avec conviction, sur quoi j'ai préféré garder le silence.

Peu de temps après, on nous a livré un gros carton. Sigrid avait commandé onze paquets de baies de goji, plus des fruits secs et des graines. « Baies d'açaï et graines de chia, a-t-elle dit, parfait pour nos têtes. »

Les sourcils froncés, je l'ai observée fourrer dans une boîte des sachets de thé de divers parfums afin de libérer dans le placard de ma cuisine de la place pour ses nouvelles provisions. « Combien ça t'a coûté ? je me suis entendue demander. Tu aurais aussi bien pu acheter des myrtilles. » Cependant, Sigrid a secoué vigoureusement la tête. « Celles-ci sont plus curatives, elles sont super bonnes pour la santé.

— Elles ont surtout une super bonne stratégie marketing », ai-je rétorqué, mais Sigrid a haussé les épaules et refermé le placard d'un geste un peu solennel, comme s'il fallait laisser les baies tranquilles à l'intérieur afin que leurs pouvoirs magiques puissent s'épanouir.

Ce soir-là, elle s'est montrée beaucoup plus silencieuse que d'habitude. Quand je lui ai demandé si quelque chose n'allait pas, elle a répondu qu'elle avait mal au ventre, et je lui ai préparé une bouillotte.

Au cours du printemps, Sigrid et moi avons connu de plus en plus de « moments goji ». Elle avait téléchargé une application de méditation et m'a suggéré de faire de même : « Peut-être que ça t'aidera, toi aussi. » J'ai ri et répliqué que, selon moi, il n'était pas possible de méditer sur un téléphone. « Très bien », s'est-elle contentée de dire avant de supprimer l'appli sous mes yeux d'un geste théâtral ; pourtant, quelques jours plus tard, j'ai vu ressurgir le logo sur son écran, et j'ai soudain compris pourquoi j'avais retrouvé un coussin par terre au milieu du salon, dans l'après-midi.

Peu de temps après, elle s'est emportée contre moi pour la première fois. Nous étions sur le parking devant les bureaux, et Robert n'allait pas bien. C'était juste avant l'affaire du Taser, il ne faisait plus tourner ses joints, depuis quelques jours il fumait tout seul ses fameuses roulées. « Je ne sais pas combien de temps je vais encore tenir comme ça », a-t-il avoué, et nous avons hoché la tête. Nous savions de quoi il parlait, nous avions appris la mauvaise nouvelle la semaine précédente : désormais, porno et spams seraient directement transmis à une nouvelle équipe de modérateurs en Inde. Nous autres, nous nous pencherions en priorité sur la violence, les abus et les « questions culturellement sensibles » – menaces, publications prétendument ironiques flirtant avec le racisme, ce genre de choses. Le problème : porno et spams étaient faciles à supprimer d'un simple clic, ce qui nous permettait d'atteindre notre quota de cinq cents tickets par jour. Maintenant qu'on nous refilait uniquement les tickets plus complexes à évaluer, notre motivation s'effondrait en même temps que nos scores : « Je suis de nouveau passé sous les quatre-vingts pour cent », a confié Robert, et Sigrid, ma chère Sigrid, a tenté de le rassurer. « Demain, je t'apporte de la valériane, a-t-elle promis, tu n'auras qu'à en mettre quelques gouttes dans ton thé. » Je me demande encore pourquoi je ne me suis pas contentée d'acquiescer et de gratifier Robert d'une tape dans le dos, comme l'avaient fait Kyo et Louis, mais non, ç'aurait été trop simple. Au lieu de ça, j'ai lancé en lui faisant un clin d'œil : « Ne te sens pas obligé d'en prendre, hein ! », sur quoi Sigrid a pris un air si furieux que je n'ai plus osé la regarder jusqu'à la fin de la pause.

« Pourquoi tu dis plus rien ? je lui ai demandé dans le bus.

— Parce que tu vas encore critiquer tout ce que je dis », elle a sifflé.

C'est le manque de sommeil, ai-je pensé ces quelques fois où Sigrid s'est mise à me faire la tête. Elle était fatiguée, nous l'étions toutes les deux ; oui, c'était ce que je me racontais durant ces semaines-là, et cette excuse n'était pas complètement tirée par les cheveux : Sigrid dormait mal, je m'en étais vite rendu compte. Dès notre première nuit ensemble, elle avait voulu que je la serre contre moi. Cependant, son corps aussi était différent de celui de Yena, plus grand, plus mince, j'avais plus de mal à la tenir dans mes bras ; lorsque je l'enlaçais, mon bras droit finissait par s'engourdir, et je devais de temps à autre changer de côté pour que le sang circule à nouveau. Dès que je la lâchais, Sigrid se mettait à gigoter, à tapoter son oreiller et à se retourner – elle ne trouvait pas de position confortable, disait-elle, et nous avons commandé des coussins remplis de noyaux de cerise, mais sans résultat. Parfois, je pensais qu'elle dormait, quand un brusque soupir me révélait qu'elle était consciente. Ou bien, lorsque je devais aller aux toilettes à cinq heures du matin et que je me laissais glisser jusqu'au pied du lit pour me lever sans la réveiller, elle me lançait un « Hé, coucou ! » – sur le ton qu'elle aurait employé en me croisant au supermarché, et alors nous riions toutes les deux un peu trop fort. De son côté, elle faisait de son mieux pour ne pas perturber mon sommeil. Cependant, il lui arrivait de se mettre à parler en dormant, des paroles inintelligibles qu'elle répétait en continu, et je lui secouais le bras pour éloigner, pour chasser ce qu'elle voyait. Ces nuits-là, nous nous asseyions dans l'obscurité, et je la serrais contre moi jusqu'à ce qu'elle ait tout à fait recouvré son calme.

Jamais je ne lui demandais de quoi elle avait rêvé. J'avais bien ma petite idée sur la question. Néanmoins, ça me rappelait des choses auxquelles je préférais ne pas réfléchir non plus, en tout cas pas en pleine nuit, dans le noir, à des kilomètres des bureaux de Hexa.

Mais elle finirait de toute façon par m'en parler un jour, bien sûr.

Nous étions au bar des Sports et Sigrid avait commandé un Long Island Iced Tea. À l'évidence, Michelle n'avait pas l'habitude de préparer ce cocktail, ses mélanges étaient si forts ce soir-là que même les garçons renoncèrent après deux tournées. Cependant, Sigrid avait envie d'aller au feu. J'ai dû négocier âprement pour la convaincre d'au moins partager son troisième verre avec moi, et dès que nous sommes arrivées à la maison, elle a titubé en direction de la salle de bains. Je lui ai tenu les cheveux en arrière et, quand elle a eu fini, je l'ai embrassée sur le front. Nous sommes restées assises un moment sur le carrelage. « Ça va ? » j'ai demandé, et Sigrid a baragouiné des paroles incompréhensibles sans lever les yeux, la tête appuyée sur mon avant-bras. Plus le temps passait, plus son silence devenait pesant ; il n'était pas glacial, plutôt lourd d'attentes, comme s'il exigeait une réaction de ma part. Oui, il était clair que Sigrid espérait autre chose qu'un simple « Ça va ? », et comme j'étais trop poule mouillée pour poser la question, elle ne l'a pas attendue pour répondre. « Je me sentais pas bien, cet après-midi, a-t-elle articulé – nous y sommes, j'ai pensé.

— Pourquoi ça ? ai-je marmonné, et j'ai fixé devant moi les éclaboussures sur la cuvette des toilettes, qui n'était déjà pas franchement immaculée quelques instants plus tôt.

— Je sais pas », a-t-elle répondu.

Pourtant, je sentais bien qu'elle le savait, elle voulait que je lui tire les vers du nez, alors que j'aurais préféré me blottir avec elle contre le radiateur – mais ce n'était pas ce dont Sigrid avait besoin à ce moment-là. « Est-ce que tu… j'ai commencé, mais je peinais à prononcer les mots. Est-ce que tu as vu quelque chose, aujourd'hui ? »

Sigrid a hoché la tête.

« C'était… très moche ? »

Elle a essayé de hausser les épaules et a failli glisser de mes bras. « Y a pire », a-t-elle dit.

Nous étions toujours assises par terre, moi le dos bien droit, elle à moitié avachie. Elle devait avoir vue sur la pile de rouleaux de papier toilette derrière la cuvette, et je pense que, d'une certaine manière, cela lui permettait de parler plus facilement. Cet après-midi-là, elle avait regardé la vidéo d'un garçon, m'a-t-elle expliqué. Un enfant, peut-être douze ans tout au plus, sa chambre était tapissée de posters de reines des neiges. « On ne voyait plus la moindre parcelle de mur blanc », selon Sigrid. Elle a semblé sourire et, un instant, j'ai espéré que ce qu'elle allait raconter ne serait pas si terrible. Le garçon avait orienté son téléphone en direction de son pied, a-t-elle poursuivi. Il a inséré un cutter entre son gros orteil et son deuxième doigt de pied, a enfoncé la pointe dans la peau entre les deux, comme s'il voulait les séparer par voie chirurgicale. Le gamin s'affairait maladroitement, il tenait son téléphone d'une main tout en appuyant sur la lame de l'autre ; Sigrid avait coupé la vidéo dès qu'elle avait vu du sang.

« Pourquoi ? » j'ai lancé. Il aurait fallu regarder jusqu'au bout, qui sait si un organe génital n'apparaissait pas plus tard à l'écran, ou s'il n'était pas question d'abus par un tiers ?

« J'ai pas pu, a répondu Sigrid en reniflant bruyamment. Ce film m'a rappelé autre chose. »

Quoi donc, ma chérie ?

J'ai posé la question à contrecœur, ça revenait à courir les yeux fermés sur un terrain miné de crottes de chien, car qu'est-ce qui m'attendait ? Toutes sortes de possibilités ont défilé dans mon esprit, des images de chevilles, de poignets et de queues-de-cheval que je me figurais avoir oubliées, j'ai senti une vague de chaleur envahir ma nuque et j'ai pensé un instant que j'allais vomir aussi. Pourquoi mon amoureuse faisait-elle ça ? Nous étions toujours parvenues à garder ce merdier à distance, et tout à coup, Sigrid voulait parler ; j'avais l'impression qu'elle ne souillait pas seulement la cuvette des toilettes, mais aussi le reste de la pièce. Oui, j'étais convaincue que ses mots laisseraient des traces sombres sur les murs carrelés, qu'ils feraient remonter l'eau boueuse des égouts par la bonde de la douche ; une crainte qui m'habitait depuis des semaines, un désastre imminent qui s'était tapi tout ce temps derrière les baies d'açaï et les applications de méditation, mais que j'avais jusqu'à présent réussi à éviter grâce à une indifférence feinte : arrête, chérie, j'ai pensé tandis que nous étions assises ensemble sur le sol froid de la salle de bains. Arrête, par pitié.

Mais Sigrid a poursuivi. « Ça m'a rappelé quelqu'un d'autre, a-t-elle dit, et j'ai resserré mon étreinte. Une gamine. Je l'ai vue il y a quelques mois, vers Noël. »

Cette fille de Noël était un peu plus âgée que le garçon de l'après-midi. À la place d'un cutter, elle s'était servie d'une lame de rasoir ; au début de la séquence, elle l'avait placée horizontalement sur sa paupière inférieure, juste en dessous du globe oculaire, et avait appuyé.

Sigrid a expliqué étape par étape comment la fille s'était mutilée, et à chacune d'entre elles, je me demandais ce que nos directives disaient à ce sujet. Si le film est diffusé en direct, nous n'avons pas le droit d'intervenir : tant que l'utilisateur est encore susceptible de recevoir de l'aide de ses abonnés, on doit le laisser poursuivre. Si la vidéo a été tournée en amont et que la personne à l'écran est « manifestement mineure », il convient d'envoyer les images au service de protection de l'enfance dans un bureau à l'étranger avant de les supprimer – la suppression est obligatoire pour éviter de donner des idées à d'autres utilisateurs, sauf si la vidéo relève d'un fait divers, auquel cas elle doit rester en ligne. Si la personne qui a publié le film est aussi celle qui se blesse volontairement, il faut de toute façon cliquer sur la catégorie « automutilation », et l'utilisateur recevra un guide de secours, des numéros à appeler dans son pays de résidence ; si l'utilisateur menace de se suicider, il ne faut intervenir que si il ou elle fournit des éléments concrets concernant le lieu et l'heure, et affirme vouloir passer à l'acte dans les cinq jours : menace de suicide, en direct ou non, relevant ou non de l'actualité, utilisateur manifestement mineur ? – toutes ces questions se sont mêlées en une rengaine qui a étouffé l'histoire de Sigrid, et il m'a fallu du temps pour comprendre le sens des paroles qu'elle a prononcées ensuite.

« T'as essayé de la retrouver, c'est bien ce que t'as dit ?

— Oui.

— Cette fille ?

— Oui. Sur Internet, hein ! »

Bien sûr, vous savez déjà que tout ce qui sert à écrire était interdit au bureau, monsieur Stitic. Nous n'avions pas le droit de noter quoi que ce soit, nous n'avions même pas le droit d'avoir du papier sur nous, une fois John s'est vu confisquer un rouleau de pastilles de menthe – ouh là là ! Imaginez un peu qu'il gribouille quelque chose sur l'emballage (avec son marqueur invisible, sans doute) ! Mais Sigrid avait mémorisé le nom de la gamine. Un véritable exploit, étant donné qu'elle voyait défiler chaque jour des centaines de noms d'utilisateurs, mais Sigrid, ma douce et intelligente Sigrid, avait trouvé un moyen mnémotechnique ce jour-là, aux alentours de Noël. La jeune fille s'appelait Nona Morgan Lindell : No Mona Lisa, Morgan Freeman, chocolat (« Lindt », vous me suivez ?). Ce même soir de décembre, chez elle, Sigrid a cherché le profil de Nona. Le film avait disparu, et cette confrontation avec son propre travail l'a déstabilisée : mince, s'est-elle dit, ils ont retiré la publication. Sauf que, bien entendu, elle s'en était chargée elle-même, de sorte qu'à présent elle ne pouvait être certaine de tenir le bon compte. En tout cas, l'adolescente sur les images ressemblait à celle qu'elle avait vue dans la vidéo le matin même.

L'onglet « famille » était vide. Sur sa photo de profil, elle souriait de toutes ses dents, sa peau avait été lissée par un filtre numérique, et elle portait un serre-tête à oreilles de chat roses, ce qui reflétait bien les tendances en vogue chez les jeunes, il est vrai, mais elle en faisait presque trop. Plus Sigrid examinait le compte, plus elle devenait méfiante. Pourquoi cette « Nona » n'apparaissait-elle nulle part sur les clichés d'autres utilisateurs ? La personne qui se cachait derrière ce compte publiait tous les deux jours un portrait de la jeune fille, sur lequel on la voyait toujours fixer l'objectif avec une moue sensuelle, et parfois une moustache. La liste de ses « favoris » comprenait une chaîne de dessins animés, diverses marques de maquillage et des pages « fan » de boys bands coréens : aux yeux de Sigrid, l'ensemble ressemblait plus à une caricature d'adolescente qu'à un profil authentique. Réflexion faite, c'était parfaitement limpide, de toute façon qu'est-ce qu'une ado aurait fait sur une plate-forme de ce genre ? Tout le monde savait que les jeunes avaient migré depuis longtemps sur leurs propres applications de danse et de play-back. Ce profil était bidon, avait décrété Sigrid. Et la vidéo avec la lame de rasoir l'était sans doute aussi ; qu'avait-elle réellement vu, en fin de compte, le sang n'avait-il pas coulé avec une élégance suspecte sur les joues de la gamine ? Si seulement elle avait pu revisionner les images ! Et, pour la seconde fois de cette soirée hivernale, Sigrid s'était maudite d'avoir fait son job.

« Quelle drôle d'histoire, ma chérie », j'ai dit. Nous étions toujours assises sur le carrelage de la salle de bains, Sigrid encore un peu plus affalée qu'auparavant. Quiconque nous aurait vues ainsi en aurait déduit qu'elle était prise d'un nouveau malaise, mais elle semblait à peine consciente de l'inconfort de sa position ; son silence trahissait qu'elle n'avait pas fini de parler.

« Et ensuite ? j'ai demandé d'une voix douce. Comment ça s'est terminé ?

— Je suis retournée voir, a répondu Sigrid.

— La fille ?

— Son profil, oui. »

C'était le 3 janvier, plus de deux semaines après qu'elle avait regardé la vidéo de Nona. Elle avait un jour de congé, elle était fatiguée et s'ennuyait. No Mona Lisa, Morgan Freeman, chocolat : à l'évidence, elle n'avait pas oublié. Une part d'elle espérait que le profil aurait disparu, les faux comptes ne subsistaient jamais longtemps. Hélas, il était toujours là. La même photo de profil, le même contenu, à une différence majeure près : la page de Nona était inondée de messages de camarades de classe, d'enseignants, de voisins et de membres de son club d'athlétisme. Tous avaient écrit que Nona allait leur manquer, parce qu'elle était très spéciale ; une fille certes un peu introvertie, mais un vrai rayon de soleil, aussi. Sigrid avait rabattu l'écran de son ordinateur portable, était allée faire des courses et, en dépit de sa lassitude, elle avait complètement réaménagé sa penderie dans la soirée. Peine perdue. Cette nuit-là, elle n'avait pu fermer l'œil, et peu de temps après étaient apparus les cauchemars.

Et juste un peu plus tard, elle s'était mise à me draguer – cette pensée m'a traversé l'esprit comme un éclair, et soudain son assurance de l'époque a pris un nouveau sens, mais je n'ai rien dit, j'ai ramené les cheveux de Sigrid derrière ses oreilles. Nous sommes restées assises par terre en silence un moment.

« La vidéo n'était pas diffusée en direct, pas vrai ? j'ai fini par demander.

— Non.

— Et tu l'as transmise à la protection de l'enfance ? »

Sigrid a acquiescé du menton.

« Aucune allusion à un suicide ? »

Cette fois, elle a fait non de la tête.

« Eh bien, ma chérie, tu as fait tout ce que tu pouvais, non ? »

Les cauchemars de Sigrid n'ont pas cessé après la soirée des Long Island Iced Teas. Elle se réveillait toujours régulièrement en sursaut, et je la prenais chaque fois dans mes bras. « Ce n'est pas ta faute », lui répétais-je au début, mais elle semblait ne rien vouloir entendre, elle grommelait en réponse à tout ce que je disais, ce qui confirmait ce que je savais déjà, au fond de moi : parler, rabâcher sans fin les mêmes choses, ça ne sert strictement à rien. Elle s'est mise à manger de plus en plus de légumes verts, à se préparer des tisanes d'herbes amères et à collectionner toutes sortes de flacons en verre dans le réfrigérateur : des compléments « naturels ». « Pourquoi ce que tu as lu serait plus valable que ce que j'ai lu, moi ? » ripostait-elle quand j'émettais prudemment des doutes sur l'efficacité de ses remèdes miracles. Elle ne m'a plus jamais proposé d'en prendre – soit, je ne le lui demandais pas non plus. Ses palpitations étaient dues au manque de sommeil, selon elle, et elle était parfois déjà couchée à sept heures et demie. Je vais être honnête avec vous : il n'était quasiment plus question de sexe à la maison.

Je n'ai jamais raconté tout ça à la docteure Ana. Et encore moins ce qui s'est passé ensuite. J'ai annulé la troisième séance au dernier moment, celle de la semaine suivante également ; je la trouvais un peu trop curieuse à propos de Sigrid et moi. Je suppose toutefois que vous me comprendrez, monsieur Stitic. Vous connaissez la situation chez Hexa, vous avez rencontré mes collègues, vous savez à quoi ressemblait notre quotidien. Aussi, laissez-moi vous expliquer ce qui m'a permis de tenir le coup, cet été-là.

Un beau matin, Hexa a débarqué avec un règlement intérieur. Tout à coup, murs et fenêtres se sont tapissés de feuilles A4, de loin on aurait dit des listes de noms, comme si nous allions apprendre tous ensemble qui avait passé avec succès l'audition pour la pièce de théâtre de l'école. Il s'agissait en réalité d'une poignée de nouveaux commandements d'entreprise, formulés de façon on ne peut plus lapidaire. Un : pas d'alcool dans le bâtiment ou à proximité. Deux : pas de drogue dans le bâtiment ou à proximité. Trois : pas de couvre-chef au bureau. Et là, tout en bas, quatre : pas de relations sexuelles dans le bâtiment ou à proximité.

C'était en rapport avec le local réservé à l'allaitement, nous le savions tous. Quelques jours plus tôt, trois personnes avaient été prises en flagrant délit dans cette petite salle du deuxième étage, après quoi on avait retiré la serrure de la porte, afin d'empêcher les gens de s'y enfermer. La direction avait vite fait machine arrière à la suite des plaintes : d'un point de vue réglementaire, une pièce pour tirer son lait devait pouvoir fermer à clé, ai-je entendu des filles protester dans le couloir. Ce nouveau règlement intérieur était-il censé résoudre le problème ? Vous trouverez peut-être notre attitude puérile, mais après avoir travaillé tout l'après-midi, Sigrid et moi nous sommes discrètement faufilées dans l'escalier jusqu'au deuxième étage afin de procéder à une inspection complète des lieux. Nous n'étions pas les seules, des voix résonnaient dans le local, et nous avons croisé John et une nouvelle collègue sur le palier. Nous avons abandonné notre mission de reconnaissance pour rechercher un endroit désert, ce qui n'avait rien d'évident, je peux vous le garantir ; ce soir-là, j'ai fini par doigter Sigrid entre les bennes à ordures, derrière l'immeuble.

« Relations sexuelles dans le bâtiment ou à proximité ». Pour nous, c'était la première fois, et ce fut un succès, bien mieux qu'à la maison, où Sigrid préférait boire une tisane, puis aller dormir – pour être honnête, ce fut une bouffée d'air frais. Évidemment, nous n'avions pas envie d'en rester là, et quelques jours plus tard, nous avons découvert une sorte de remise, un petit local rempli de cartons et d'objets que nous avons identifiés après quelque temps comme les pièces d'une photocopieuse démontée. Sigrid s'est adossée contre l'unique mur nu et je lui ai fait un cunni.

La remise est devenue notre coin à nous, personne ne nous y surprenait en pleine action. Dommage, au fond, je me suis dit après les premières fois. J'ai commencé à me demander ce qui se passerait si quelqu'un entrait pendant que nous baisions entre les pièces détachées, et à la maison, je me masturbais parfois à cette idée quand Sigrid était déjà couchée.

L'immeuble avait un ascenseur, mais il ne nous était pas destiné. Il fallait un badge pour l'emprunter et nous, les misérables modérateurs du quatrième, nous n'en avions pas. Ce badge est devenu pour moi et Sigrid un véritable Graal : nous avons demandé à Jaymie si par hasard il en avait un, et quand il a voulu savoir pourquoi, nous avons gloussé comme des adolescentes. Peu de temps après, nous avons imaginé un stratagème. Une demi-heure avant de commencer notre journée de travail, nous avons pris position dans le hall, Sigrid et moi. Nous avons fait semblant d'être absorbées par l'écran de mon téléphone jusqu'à ce qu'un homme marche en direction de l'ascenseur. « Attendez, a crié Sigrid, nous allons au neuvième ! » – pendant un instant, je me suis sentie à nouveau très fière d'elle. Le type portait un authentique attaché-case en cuir, comme s'il voulait se distinguer de la racaille du quatrième, et nous l'avons vu hésiter, mais il pouvait difficilement refuser l'accès à deux femmes respectables, bien sûr, de sorte que nous nous sommes retrouvés entassés là, à trois dans une cabine d'un mètre cinquante sur deux mètres. En vérité, à ce moment-là, j'avais déjà envie de faire disparaître une de mes mains sous le tee-shirt de Sigrid, juste sous le nez de l'inconnu, parce que, l'espace d'un instant, je nous ai vues à travers ses yeux : deux filles en train de fricoter, l'une d'elles même pas franchement sexy, oh ! Quel choc ! L'idée que son dégoût serait susceptible de le chauffer (et de lui donner une trique de tous les diables devant nous) m'excitait au plus haut point, d'une manière ou d'une autre. L'homme est descendu au septième étage et, dès que les portes se sont refermées, j'ai plaqué Sigrid contre le panneau de commande et collé ma main entre ses jambes, mais non : elle ne mouillerait pas avant le neuvième. Dommage, j'ai pensé.

Un peu trop court, apparemment.

À cette période, les quelques collègues qui ne l'avaient pas encore fait ont transvasé le contenu de leurs flasques dans des bouteilles en plastique plus discrètes, et en juillet, nous fumions plus de joints que jamais. Un jour, Sigrid en personne a apporté ses propres canettes de boissons alcoolisées. C'était nouveau ; auparavant, elle se contentait de boire et de fumer ce que les autres lui proposaient. Cependant, ces cocktails – du gin tonic bon marché et du rhum Coca beaucoup trop sucré, qui d'après Souhaim menaçaient gravement nos papilles gustatives – devinrent une habitude. Je n'abordais pas le sujet. Alcool et graines de chia, la combinaison était plutôt cocasse, mais que voulez-vous, c'était son corps à elle, et je n'avais plus envie de me quereller. En plus, tout était au poil, me semblait-il, j'allais bien, notre couple aussi : waouh, regardez-moi ça ! je me souviens d'avoir pensé, un après-midi. C'est l'été et nous voilà, ensemble sur notre muret, le soleil sur nos visages blêmes, mon bras autour de sa jolie taille – non, en réalité, je n'avais guère de raisons d'être insatisfaite ; j'avais un emploi et j'avais des amis et je tenais une belle femme dans mes bras, c'était plus que ce dont j'avais jamais osé rêver, car vous comprenez, bien des étés plus tôt, je traînais aussi sur un parking, pendant les pauses. À l'époque, je restais toute seule, adossée contre une voiture anonyme, hors de la vue des autres filles, je fixais les motifs irréguliers en pointillé laissés par les chewing-gums crachés sur l'asphalte usé, espérant que Kitty de la classe de première ne vienne pas me trouver aujourd'hui pour me traiter de gouinasse ou, pire encore, pour s'asseoir à côté de moi et me pincer la cuisse en silence. Quand j'y repensais, je me sentais franchement bénie des dieux, monsieur Stitic. Certes, notre travail était merdique au possible, mais nous étions de taille à l'affronter, parce que nous, Sigrid, les garçons et moi, nous formions une équipe, et nous parviendrions à nous en sortir, ensemble.

Oui, c'était ce que je croyais, cet été-là.

Connaissez-vous la théorie de la Terre plate, monsieur Stitic ? Notre planète n'est pas un globe, nous nous déplaçons sur un disque flottant, situé sous une gigantesque coupole transparente, un dôme. Le Soleil, les étoiles et la Lune ne sont que des projections, et la CIA nous manipule tels des figurants sur un plateau hollywoodien : les *flat earthers* ou platistes, ainsi que les partisans de cette thèse se nomment eux-mêmes, sont innombrables, c'est un mouvement qui rassemble des millions de personnes. Elles diffusent leurs idées via des forums et des groupes de discussion, et comptent aujourd'hui plus de cinquante-cinq millions de vidéos à leur actif : « Il y en a tant qu'il faudrait plus d'une vie entière pour les regarder toutes », ai-je entendu un fidèle affirmer fièrement, un jour.

J'ai vu passer un sacré nombre de publications sur la Terre plate, vous pouvez me croire. Les utilisateurs de la plate-forme les signalaient régulièrement au motif qu'elles étaient offensantes, mais proclamer que le monde est plat (ou que les attaques terroristes sont orchestrées par les gouvernements et que les virus mortels sont conçus dans des laboratoires d'État) n'est pas contraire au règlement. Ce qui n'empêchait pas que nous devions regarder ces vidéos jusqu'au bout, au cas où un taré quelconque aurait tenté de défier les lois de la gravité en balançant un nouveau-né du cinquième étage. Quand ces films duraient plus de quelques minutes, ils me tapaient sur les nerfs, mais les mèmes des platistes me faisaient marrer : les images de dirigeants de la Nasa représentés sous les traits du magicien d'Oz ou du joueur de flûte de Hamelin, les schémas détaillés des « erreurs de Photoshoppage » sur les clichés officiels de notre globe terrestre – oui, comparés à d'autres communautés complotistes, les *flat earthers* forment un mouvement gentillet, et bien organisé avec ça, il a ses propres congrès internationaux, ses tee-shirts et ses gadgets : « Qu'est-ce que tu portes ? » ai-je demandé à Kyo un après-midi.

Nous attendions tous les quatre à l'arrêt de bus, et Louis s'est mis à secouer la tête en ricanant. « Une montre », a répondu Kyo avant de nous faire voir son poignet, à moi et à Sigrid. Je n'ai pas compris tout de suite ce que j'avais devant les yeux. Le cadran représentait une carte géographique entourée d'un anneau blanc, un plan issu d'un roman de *fantasy*, ai-je pensé, tout à fait le genre de Kyo. Sauf que le verre qui protégeait le cadran n'était pas plat, mais bombé, comme une sorte de minuscule cloche. Ou de dôme.

« La Terre plate », a toussoté Louis de façon peu subtile, et Kyo a baissé son poignet. « Hé, il a marmonné, me regarde pas comme ça, Kayleigh », sur quoi Louis a ricané de nouveau.

Apparemment, les autres étaient déjà au courant des nouvelles convictions de Kyo. Quant à moi, j'avais dû rater un épisode, j'étais sincèrement étonnée.

« T'y crois pas, pas vrai ? a dit Kyo d'un ton bougon, comme un ado furieux accusé à tort d'avoir renversé un vase alors que c'est le chat le vrai coupable.

— Désolée, j'ai répondu, mais la Terre est ronde. »

Kyo a secoué la tête. « Elle est plate », a-t-il insisté, et Louis a malicieusement suggéré que je ferais mieux de lâcher l'affaire, mais j'ai poursuivi : « Pourquoi la Terre serait plate ?

— Y a pas de preuve qu'elle est ronde.

— Moi je pense que si.

— OK, vas-y, explique-moi ? »

OK, j'en étais bien incapable. Mes cours de physique et de géographie remontaient à des années, et pour être honnête, je connaissais mieux les arguments en faveur de l'idée que la planète n'était *pas* sphérique, même si je n'avais jamais douté que c'était du grand n'importe quoi.

« Tu vois, a conclu Kyo. Tu peux pas. Alors que les preuves que la Terre est plate s'accumulent de jour en jour.

— Pourquoi les scientifiques nous mentiraient ? » ai-je demandé, mais au fond, je connaissais déjà la réponse, et Kyo semblait hors de lui, à présent : « Parce que c'est ce qu'ils font depuis toujours. S'ils sont démasqués maintenant, c'en sera fini de leur crédibilité, et aussi de leur statut et de leur pouvoir sur nous.

— Y a des lanceurs d'alerte », ai-je entendu près de moi. C'était Sigrid qui, incroyable mais vrai, hochait la tête de concert avec Kyo. « Certains scientifiques et profs d'université affirment que la Terre est plate, mais s'ils en parlaient aux médias grand public, ils perdraient leur job. » Sigrid jouait avec la languette de sa canette d'alcool et articulait d'une voix impassible, comme si, eh bien, comme si elle partageait simplement quelques conseils pratiques sur la façon d'accrocher un tableau.

« Mais enfin, les gars, j'ai tenté. Moi aussi, j'ai vu les vidéos, hein ! Je vous assure que c'est bidon.

— T'en sais rien », a dit Kyo, après quoi j'ai dû lancer un regard plutôt désespéré à Louis, parce qu'il a soudain levé les bras au ciel comme si je le braquais avec une arme : *compte pas sur moi pour m'en mêler, meuf.*

« Il n'y a aucun vol entre… a commencé Sigrid.

— Non, ai-je aussitôt répliqué, c'est faux.

— Tu sais même pas ce que je…

— Si, tu allais dire qu'il n'y a pas de vols directs entre les continents de l'hémisphère Sud, parce que la durée de ces vols révélerait à quoi ressemble vraiment la carte du monde, mais il y a…

— Arrête, tu me laisses pas finir ! »

Pardon, ai-je tout de suite pensé. Je dois vite lui présenter mes excuses, dire pardon à Sigrid, parce qu'elle n'aime pas que je la contredise devant nos amis, mais le bus de Kyo est arrivé, Louis lui a administré une tape virile dans le dos pour lui dire au revoir. Moi-même, je lui ai fait un *check*, et il s'est tourné vers moi avant de monter. « Je comprends, a-t-il déclaré, d'un ton soudain plus paternel que fâché. On aura l'occasion d'en reparler, au début j'étais exactement comme toi. »

Dès que le bus de Kyo est parti, Louis a eu la délicatesse de se détourner de Sigrid et de moi, puis il a sorti son téléphone de sa poche arrière – ce dont je lui ai été reconnaissante.

« Pardon, ai-je dit à Sigrid. Pardon de t'avoir coupé la parole, à l'instant.

— Pas grave », a-t-elle répondu, un peu maussade. Puis elle m'a pris la main, je l'ai serrée mais elle n'a pas serré en retour, sa main reposait mollement dans la mienne, et si j'avais continué de la presser, je lui aurais sans doute fait mal.

Peu de temps après, Sigrid est partie en vacances. Son ex avait loué un appartement près de la plage : « Ce sera super pour Mickey, il pourra s'en donner à cœur joie. » Même si elle a prétendu qu'elle « envisageait » depuis un moment de rejoindre Pete, la nouvelle m'a prise de court : elle s'en irait début août et serait absente au moins deux semaines.

« À ta place, je ne partirais pas plus longtemps, j'ai dit. Sinon, la reprise risque d'être dure.

— De quoi tu parles ?

— Le travail, les consignes… Et si en rentrant, tu n'arrivais plus à t'y remettre ? »

Sigrid m'a regardée avec l'air de se demander si j'étais sérieuse. « Je pense que ça ira. »

Elle en ressentait la nécessité, a-t-elle affirmé. Au bord de la mer, elle pourrait se vider la tête, et peut-être enfin bien dormir – est-ce que je ne comprenais pas qu'elle en avait besoin ? Ben voyons, je me suis dit, et qui t'enlacera, la nuit ? Cependant, je ne voulais pas lui compliquer la vie, j'étais prête à lui accorder cette liberté, vrai de vrai. En revanche, il est possible que j'aie insisté pour savoir pourquoi elle ne partait pas plutôt avec moi, mais elle a répété qu'elle se contentait de répondre à l'invitation de Pete.

« Sa nouvelle copine sera là aussi, alors ?

— Non, c'est fini entre eux. Je te l'ai déjà dit, il me semble ? »

Durant son absence, Sigrid m'a envoyé des photos tous les jours, la plupart de Mickey ; le chien dans les vagues, le chien sur un transat, un chapeau de paille sur la tête. Ces images m'arrachaient toujours un sourire, sauf quand s'y glissait un pouce ou un morceau du pantalon de Pete. Pendant ce temps, au travail, je me sentais un peu fébrile. Nos escapades dans la remise me manquaient, et le soir, j'avais mal aux doigts, à la nuque, aux épaules et au poignet.

Un après-midi, j'ai appelé Mehran, et le soir même, il était assis près de moi sur le canapé. Nous ne nous étions pas vus depuis des mois ; la dernière fois qu'il était venu à la maison, je lui avais fait gober que je travaillais pour le service clientèle d'un opérateur du câble. À présent, nous jouions à un vieux jeu de tir, que nous connaissions bien tous les deux. Peut-être espérions-nous que ce terrain familier nous aiderait à réveiller quelque chose de l'ancienne dynamique de notre amitié : nos conversations étaient moins fluides qu'autrefois – mais les jeux vidéo n'y changeaient rien.

« On peut baisser un peu le volume ? j'ai lancé, surprise de m'entendre prononcer à voix haute ce que je pensais tout bas.

— Pourquoi ? a demandé Mehran.

— C'est trop fort », j'ai répondu, et bien qu'il n'ait sans doute pas compris, il m'a laissée couper le son. Le crépitement des mitraillettes, le rechargement des kalachnikovs, et surtout les cris de détresse des personnages qu'on abattait – tout cela m'oppressait soudain la poitrine, à tel point que j'en oubliais de me pencher en avant pour atteindre le bol de *nachos*, par terre. En vérité, j'aurais préféré un jeu de course, mais je savais que Mehran n'aimait pas ça. Je savais aussi qu'il aurait sur-le-champ mis de côté son aversion pour ce genre de jeu si je lui avais expliqué les raisons de ma réserve, mais je ne l'ai pas fait. Je ne devinais que trop ce qu'il me dirait.

En partant ce soir-là, Mehran m'a serrée contre lui plus longtemps que d'habitude. Je ne l'ai jamais rappelé par la suite.

Ces soirées d'été étouffantes que je passais seule s'écoulaient avec une lenteur horripilante. La chaleur n'atténuait même pas mes douleurs, au contraire, les élancements dans ma nuque et mon épaule droite ne faisaient qu'empirer. Afin de distraire mon attention, j'ai fait quelque chose que je n'avais pas fait depuis un bail : mater du porno. Avant le début de ma relation avec Sigrid – autrement dit, quand il m'arrivait encore d'être seule à la maison –, je regardais parfois des films où des femmes soi-disant lesbiennes draguaient des femmes soi-disant hétéros : « Étudiante séduit camarade de chambre », ce genre de trucs. Tandis que je consultais mon site porno favori pour la première fois depuis un bon bout de temps, l'algorithme m'a aussitôt suggéré de nouveaux contenus conformes à mes anciennes préférences, du style « Masseuse excite cliente hétéro ». J'ai cliqué sur la vidéo et vu une fille étendue sur une table de massage. Une blonde un peu plus âgée est entrée avec une pile de serviettes minuscules et de l'huile de massage, *hi, how are you ?* – c'est alors que s'est produite une chose étrange. J'ai commencé à me sentir nerveuse, ma nuque me faisait souffrir et j'avais envie de me lever, mais pas parce que les images étaient choquantes. Plutôt parce qu'elles me paraissaient soudain excessivement *rasoir*. Pendant mes premiers mois chez Hexa, j'avais vu défiler des centaines de vidéos montrant des femmes de ce type, mais dès qu'elles prenaient place sur une table de massage, on leur balançait aussitôt quatre ou cinq bites dans la tronche. La masseuse du film sur lequel je venais de cliquer, en revanche, s'est mise à caresser le slip de sa « cliente hétérosexuelle » en prenant tout son temps. J'avais l'impression de regarder un documentaire sur la nature – non, c'était encore plus ingénu que ça : les images d'un feu de cheminée crépitant. J'ai appuyé sur avance rapide jusqu'au moment où les petites culottes tombaient enfin : il n'y avait pas si longtemps, j'aurais jugé ces images follement excitantes, mais à présent, tant de lenteur m'exaspérait.

J'ai commencé à tester d'autres genres, ce soir-là. Et puisque je ne trouvais rien à mon goût, j'ai fini par échanger mon site porno préféré contre un moteur de recherche alternatif. Un modèle plus évolué, de ceux qui n'enregistrent pas vos mots-clés.

Je crois que je n'étais pas la seule à qui Sigrid manquait. Ces jours-là, nous avons beaucoup moins vu Kyo, je suppose qu'il était encore vexé par notre scepticisme à l'égard de la Terre plate, et maintenant que Sigrid était à la plage avec homme et chien, Souhaim, Louis, Robert et moi semblions avoir perdu pour de bon ce qui nous rendait intéressants à ses yeux. À la pause, Kyo rejoignait de plus en plus souvent un autre groupe de garçons, que Louis avait un jour traités de geeks, même si nous avions tous senti sur le moment, y compris Louis, que l'insulte n'était pas franchement offensante : avec leurs tennis de marque d'un blanc éclatant et leurs polos en coton épais, ces types, peut-être des étudiants, étaient sans doute fiers de cette appellation. Un après-midi, nous les avons entendus hurler de rire à moins d'un mètre de nous, Kyo était hors d'haleine, les mains sur les genoux, comme s'il allait s'étouffer dans ses propres gloussements. « Bande de frimeurs », a marmonné Louis, et j'ai opiné du chef, Robert leur a lancé un regard vide, et j'ai surpris Souhaim en train de secouer la tête, non pas parce que Kyo et sa nouvelle clique l'agaçaient, mais plutôt, semblait-il, parce qu'il se rendait compte à quel point nous étions tombés bas. Il avait raison, vous auriez dû nous voir : on aurait dit des voisines névrosées, aigries par le plaisir des autres.

Dans mon souvenir, c'est ce soir-là que Robert nous a appris la nouvelle. Nous étions au bar des Sports, et avant même que nous ayons pu toucher à nos verres, il a lancé : « Les gars, j'ai quelque chose à vous dire. » Malgré l'odeur de cannabis qu'il dégageait, il semblait nerveux. J'ai pensé : il va nous avouer qu'il est amoureux de l'un de nous, mais à la place, Robert nous a annoncé qu'il nous quittait. « J'en peux plus de travailler chez Hexa, a-t-il expliqué, et j'ai compris à la gravité avec laquelle il articulait qu'il avait préparé son discours. Ça fait un bail que j'en peux plus. » Avant même qu'il ait fini de parler, Souhaim et Louis se sont penchés vers lui et, pendant quelques instants, tous trois ont paru se fondre en un enchevêtrement de membres musclés, le genre d'image qu'on voit en principe sur les terrains de foot après un but ou une défaite définitive. « C'est courageux, mec », a murmuré Souhaim, sur quoi Robert a secoué la tête : « J'ai l'impression de ne plus être une personne.

— Je comprends », ai-je dit en serrant Robert dans mes bras. Je l'ai senti s'agiter dans mon cou. « Tu es gentille, Kayleigh, mais, non, tu ne comprends pas, a-t-il chuchoté. Tu as une maison, tu n'es pas dos au mur. » Avant que je puisse ajouter quoi que ce soit, Souhaim l'a de nouveau pressé sur son cœur : « Ça va aller, tu m'entends ? », et j'ai vu Louis fermer les paupières avec un soupir.

Deux jours plus tard, Robert quittait l'entreprise pour de bon. Louis lui a donné un verre à liqueur gravé à son nom, Robert l'a remercié, les larmes aux yeux ; Louis a tellement répété que ce n'était rien que je l'ai soupçonné d'avoir déjà offert ce genre de cadeau à d'autres potes au moment de leur démission, et j'ai ressenti une seconde le besoin de le prendre dans mes bras. Kyo aussi est venu faire ses adieux à Robert. Les garçons ont joint leurs deux mains droites en croisant leurs doigts, et l'espace d'un instant, on aurait dit qu'ils faisaient un bras de fer en l'air. « Dommage que Sigrid ne soit pas là », a dit Kyo, tout le monde a hoché la tête, et mon ventre s'est gonflé d'autoapitoiement, car même si son retour était imminent, j'ai soudain eu l'impression d'être une sorte de veuve esseulée, et ce soir-là, je me suis masturbée jusqu'à ce que mon clito soit douloureux et en feu.

Le jour où Sigrid est rentrée, nous étions au beau milieu d'une période officielle de canicule. Le parking était en plein soleil, nous ne pouvions pas nous asseoir sur notre muret habituel, les pierres brûlantes auraient marqué nos jambes nues. Durant ces journées, les employés qui ne fumaient pas restaient à l'intérieur ; pendant la pause, nous traînions en bas dans le hall, j'avais une sensation de dépaysement qui me rappelait la fois où j'avais attendu onze heures avec Barbra dans un aéroport bondé, après qu'une tempête de neige avait paralysé le trafic aérien : à présent également, des gens installés par terre en petits groupes se partageaient des quartiers d'orange. Sigrid et moi étions adossées à un mur. J'aurais préféré l'entraîner tout de suite dans la remise, mais nous nous étions à peine adressé la parole depuis son retour, aussi ai-je demandé si elle avait passé de bonnes vacances.

« C'était sympa, a-t-elle répondu d'un ton léger.

— Ouais ?

— Ouais. Ça m'a fait du bien de changer un peu d'air. »

Voyant que je ne réagissais pas, elle m'a planté un rapide baiser sur la joue, sur quoi Kyo a débarqué pour lui confier qu'elle lui avait manqué. « Tu es au courant que Robert est parti ? »

Cette nuit-là, Sigrid a dormi chez moi, comme avant. Je l'ai serrée fort contre moi. Elle s'est dégagée de mon étreinte, et je l'ai reprise dans mes bras jusqu'à ce qu'elle marmonne un truc du style « Fait trop chaud ».

À propos de ce qui s'est passé ensuite, les opinions divergent, monsieur Stitic. Disons en tout cas que la version de Sigrid diffère considérablement de la mienne, pour ce que j'en ai compris, du moins : la dernière fois que je lui ai adressé la parole, elle n'était pas dans son état normal, voyez-vous. Mais si vous me colliez un pistolet sur la tempe en me disant : « Parlez-moi de la fin de votre relation, de ce qui est réellement survenu entre le 15 et le 30 août », je vous répondrais : « En ce qui me concerne, il ne s'est pas passé grand-chose, et même trop peu à mon goût. »

Après le voyage de Sigrid, nous sommes retournées quelques fois à la remise, et un jour, elle a même proposé qu'on se filme. « On pourra regarder la vidéo ensemble plus tard », a-t-elle dit. Croyez-le ou non, j'étais émue. J'ai pensé : peut-être qu'elle veut se rattraper (même si c'était inutile à mes yeux, il me suffisait amplement qu'elle soit rentrée de vacances). L'expérience était en effet excitante, avec ce troisième œil numérique, je me souviens que sa présence a stimulé mon désir. Nous n'avons jamais visionné les images ensemble, mais je n'avais aucune raison de me méfier.

Pourtant, quelque chose a changé, après cet après-midi-là. Sigrid me débitait de plus en plus souvent des salades pour échapper à notre excursion au deuxième étage. Elle ne se sentait pas très bien après avoir mangé un sandwich au thon, elle était fatiguée, ou bien elle souhaitait prendre le premier bus pour rentrer à la maison, parce qu'elle voulait préparer des lasagnes végétariennes et qu'il fallait faire tremper les feuilles de pâte. J'étais déçue, mais pas vraiment étonnée.

Je repensais régulièrement à ce que Barbra avait dit un jour à un vieil ami : « Mieux on se connaît, moins on est à l'aise au lit », et même si je crois qu'elle ne parlait pas de nous – plutôt de leurs connaissances communes du club de lecture ou un truc dans le genre –, la sentence s'appliquait avec une précision angoissante à notre relation, à l'époque. Soit, me disais-je en écoutant les prétextes de Sigrid à propos de son sandwich rance, apparemment nous venons d'atteindre un nouveau stade – j'interprétais ses refus subtils comme une preuve d'intimité, vous comprenez ?

Entre-temps, elle avait de nouveau plus ou moins emménagé chez moi et évoquait souvent l'idée d'aller ensemble à l'appartement au bord de la mer – Pete pourrait probablement nous obtenir une réduction. Elle m'a même proposé de le rencontrer, elle lui avait tant parlé de moi et vice versa, il était curieux de faire ma connaissance, a-t-elle dit, aussi avons-nous passé un après-midi avec Mickey et Pete à flâner autour de l'étang à la lisière de la ville. Étant donné que chacun faisait de son mieux, sans doute par courtoisie, pour s'adapter au rythme des autres, nous avancions avec une lenteur désespérante, et Pete nous a parlé en long et en large de la bambouseraie dans laquelle il avait investi. À cette période, Sigrid buvait beaucoup moins qu'auparavant. Son sommeil était aussi moins perturbé. Quant à moi, je dormais plus mal à présent que nous n'allions presque plus à la remise, mais je n'irais pas jusqu'à affirmer qu'il y avait un lien entre les deux. En revanche, je le reconnais, je me considérais comme une sorte de « gentleman », parce que je veillais à ne jamais la réveiller durant mes insomnies. Il m'arrivait, quoique rarement, de me masturber à côté d'elle, juste pour m'aider à trouver le sommeil, et je vous le jure : si elle avait fait pareil en ma présence, j'aurais jugé ça complètement, mais alors complètement logique et normal. Par conséquent, monsieur Stitic, vous pouvez baisser votre arme : c'est à ça que ressemblaient nos journées. Nous fantasmions sur un avenir commun. Rembourser mes dettes une bonne fois pour toutes (moi), se lancer dans des études de diététicienne (elle), adopter un chiot bichon maltais (elle), emménager pour de bon ensemble (toutes les deux), « décrocher un job mieux rémunéré » (moi), « tu veux dire un job normal, chérie » (elle).

Pourtant, Sigrid affirme avoir vécu les choses différemment. À présent, mes souvenirs de nos dernières semaines ensemble, et peut-être aussi de celles qui les ont précédées, sont comme le morceau de pyrite qui décore la bibliothèque de ma tante Meredith : dans le meilleur des cas, il ressemble à une authentique pépite d'or, mais si on baisse la lumière, le minerai se colore en bleu argenté, et si on se plante devant en pleine nuit, on ne voit plus qu'un bout de pierre noire, apparemment carbonisée.

Soit, question suivante. Que s'est-il passé le 30 août, le jour où Sigrid m'a quittée ? Ce point me paraît plus délicat. Parfois j'ai l'impression de comprendre, mais je me remets très vite à retourner dans ma tête ses paroles, les miennes, nos faits et gestes avant le moment fatidique, et je recommence à douter : peut-être que les choses ne se sont pas déroulées comme ça. Et cette idée, cette pensée qu'il existe une autre explication plus rassurante allège un instant le poids de l'enclume sur mon estomac, mais après que j'ai pu avaler librement quelques goulées d'air, sa masse m'écrase de nouveau, par exemple quand je me remémore les derniers mots de Sigrid.

En bref, mes souvenirs de cet avant-dernier jour d'août peuvent s'analyser de différentes manières. Laissez-moi d'abord vous raconter en détail ce que nous avons dit et fait ce vendredi-là.

Il est deux heures vingt lorsque je rejoins le parking. La chaleur torride des dernières semaines a cédé la place à un généreux soleil de fin d'été, et j'ai soudain envie d'être en automne : je ressens des picotements dans la poitrine en songeant aux récoltes de pommes de pin, aux écureuils, aux écharpes à carreaux et autres bottes de pluie, toutes choses qui ne me sont pas vraiment familières, mais c'est ce que j'ai retenu des leçons sur l'automne à l'école primaire, et cette nostalgie des pommes de pin ne m'a jamais quittée depuis, elle refait surface chaque année en septembre – bref, je suis plutôt joyeuse, et un brin mélancolique.

C'est alors que je les aperçois : aujourd'hui, Sigrid traîne avec Kyo, au beau milieu du parking – avec Kyo, et deux types de sa nouvelle clique. Des garçons à la silhouette dégingandée, l'un porte une casquette de base-ball grise, l'autre une longue parka infroissable à capuche ; apparemment, eux non plus ne sont pas insensibles aux prémices de l'automne. Kyo est sans doute allé à la rencontre de ma petite amie, et Casquette et Capuche les auront rejoints, je suppose ; il serait peut-être de bon ton de me présenter à eux (j'ai dit que j'étais de bonne humeur, pas vrai ?). Mais ensuite, j'aperçois Louis, assis tout seul sur notre muret. Il m'a repérée aussi et lève la main, d'un geste plus hésitant qu'impérieux, et visiblement, je n'ai pas tant que ça envie de rencontrer Casquette et Capuche, parce que je me dis : Sigrid va sûrement venir nous retrouver. Fidèle à notre muret, je m'assois à côté de Louis, qui me donne une tape dans le dos, nous nous raclons la gorge et échangeons : « Hey, comment ça va, mon pote ? »

Sauf que Sigrid ne vient pas. Elle reste avec Kyo, la voilà qui demande du feu à ses nouveaux amis. Louis et moi sommes vite à court de sujets de conversation. Kyo et Sigrid sont juste en face de nous, ce qui nous réduit à l'état de spectateurs et ne nous encourage pas à bavarder : « Et si…

— … on allait les voir ? » complète Louis, après quoi nous hochons la tête et quittons le muret.

« Eh, salut ! » lance Sigrid en nous voyant. Elle paraît surprise, comme si nous étions deux vagues connaissances du cours de salsa qu'elle avait invitées par pure politesse et, zut alors ! nous sommes les premiers à sa fête. Elle nous présente Casquette et Capuche, mais j'oublie aussitôt leurs noms, parce qu'il y a quelque chose qui cloche. Les garçons jettent un coup d'œil à Louis et échangent un regard que je ne parviens pas à interpréter, lequel pousse l'intéressé à demander : « On dérange, peut-être ?

— Bien sûr que non », répond Sigrid avant de faire une chose dont je lui garderai longtemps rancune : elle explique d'où vient le malaise. Sans prendre de gants. « On parlait de Soros », dit-elle, et je détecte dans sa voix ses efforts pour garder un ton léger : oh, ils parlaient juste de Soros, George Soros, le Juif le plus riche du monde, et par extension le plus haï du monde – ah oui, ça aussi.

Soudain, tout le monde se tourne vers Louis : Kyo, Sigrid, Casquette, Capuche et moi aussi, même si ça ne rime à rien, évidemment. Cependant, Louis conserve son calme, il se contente de ricaner. « Ah, dit-il, Soros, notre bon vieux philanthrope. Si ça tenait qu'à lui, on pataugerait tous jusqu'aux genoux dans la boue des camps de réfugiés, pas vrai ? »

Je décèle un brin de sarcasme, mais Casquette et Capuche se poussent du coude, apparemment soufflés par ce coup de théâtre : le seul Juif qu'ils connaissent attaque le Juif le plus célèbre au monde !

« C'est pourtant la vérité », dit Kyo. Il parle avec gravité, parce qu'il connaît Louis, il sait qu'il n'est pas sérieux. « Si ce type continue comme ça, ils finiront par prendre le contrôle, ajoute-t-il, et personne ne moufte.

— Une catastrophe, dit Louis, et à présent, même les antennes défaillantes de Casquette et de Capuche parviennent à capter ses accents railleurs.

— À ta place, j'me moquerais pas, objecte Casquette.

— Me dis pas que tu ignores ce que Soros fabrique, renchérit Capuche.

— Je sais ce que Soros fabrique, reprend Louis en mimant des guillemets au mot "fabrique". Je bosse ici depuis plus longtemps que vous, les meufs. » Il s'apprête à faire demi-tour, quand Casquette lance subitement : « Ses pleurnicheries sur le sort de ses grands-parents, c'est des bobards, tu sais », et Capuche de hocher la tête : « Toute cette histoire de Shoah n'a sans doute jamais eu lieu. »

Louis s'immobilise. Il fixe les garçons comme s'ils venaient de jeter un caillou dans le col de sa veste, plus incrédule que furieux. « Arrêtez un peu, les mecs, finit-il par dire. Je vous croyais plus intelligents que ça », et il tente à nouveau de s'éloigner, mais Capuche insiste : « C'est pourtant vrai ? Soros est hyper puissant, qui est-ce qui finance le plus gros mensonge de l'histoire, à ton avis ? »

Le plus gros mensonge de l'histoire, je connais cette formule. C'est par elle que commencent les films « démontrant » pas à pas qu'il n'y a quasi aucune preuve de l'existence de chambres à gaz pendant la Seconde Guerre mondiale. Que les Juifs mouraient uniquement de maladies infectieuses dans les camps, maladies qui étaient traitées par le zyklon B, le gaz retrouvé plus tard sur leurs vêtements : un « pesticide parfaitement inoffensif ». Nous ne sommes autorisés à supprimer ce genre de vidéos que si elles ont été publiées dans un pays où le négationnisme est puni par la loi, et à condition que les instances locales poursuivent activement les contrevenants : *l'Allemagne, la France, Israël et, si bizarre que cela puisse paraître, l'Australie*, je les énumère dans ma tête, tandis que se déroule, en plein jour et juste sous mon nez, une collision aux allures fatales.

« Quatre cent mille Juifs tout au plus sont morts pendant la Seconde Guerre mondiale », reprend Capuche, en roue libre ; Casquette tente de le dépasser : « Pour vingt millions de soldats russes », précise-t-il, sur quoi Capuche enfonce à son tour la pédale d'accélérateur : « Déjà entendu parler de l'accord Haavara ? Les nazis et les Juifs travaillaient main dans la main pour justifier l'annexion d'Israël. »

Louis est resté remarquablement silencieux pendant tout ce temps. Il se racle bruyamment la gorge et désigne Kyo du menton : « Et toi, t'y crois aussi ? » Les yeux de Kyo se tournent vers moi, puis vers Sigrid, puis vers ses propres mains. Il ne regarde pas Louis en répondant : « Cette histoire de chambres à gaz, en tout cas, c'est pas très crédible.

— Ah non ? » rétorque Louis d'un ton plus implorant qu'outré. Je me remémore sa façon de me faire signe au début de la pause et, tout à coup, je comprends ce qui est en jeu pour lui. « Et qu'ils aient assassiné l'oncle chéri de mon grand-père, je suppose que c'est pas très crédible non plus ? »

À présent, Capuche et Casquette se donnent des coups de coude : « l'oncle chéri de mon grand-père », ils trouvent ça drôle parce que ça fait vraiment gay – Louis les entend sûrement glousser, mais il se contente de fixer Kyo, celui qu'il apprécie le plus et qui, par conséquent, est en train de commettre la plus grande trahison.

Celui-ci a toujours les yeux rivés sur ses mains. « J'en sais rien. » Et là, d'un seul coup, Louis se remet à ricaner. Il hoche un instant la tête…

Puis fond sur Kyo : « Qu'est-ce que tu fous là à branler cette bande de fachos, mec, depuis quand t'as un tel complexe d'infériorité que t'en arrives à lécher les bottes de tes putains de potes du Ku Klux Klan ? Bordel, mais t'es toi-même à moitié paki ! Merde, Kyo, t'as pas juste l'air d'un gros porc, t'en as aussi la cervelle, et au fait, est-ce que tes nouvelles dulcinées sont au courant que la Terre est plate ?

— A priori… » marmonne Capuche, mais Louis ne l'entend pas : « Eh ben, p'tite tarlouze, il est où, ton bijou tout neuf ? »

Je remarque à ce moment-là seulement que Kyo ne porte plus sa montre de platiste. Il reste là à secouer la tête, comme s'il ne savait pas quoi faire : sauver sa réputation auprès de Casquette et de Capuche, ou péter la gueule de Louis, et c'est là, à ce moment précis, que Sigrid s'interpose. « Allons, les gars ! dit-elle. Ça suffit ! » Mon Dieu, je suis si émue que j'en ai les jambes qui flageolent. Parce que je reconnais bien là mon amoureuse, ma Sigrid : elle a commencé par un faux départ, mais à présent, elle reprend les rênes. « Ouais, les mecs, ça suffit ! » j'ajoute en opinant du chef.

Pendant un instant, la tension semble retomber, les garçons échangent des regards : est-ce le moment de se taper dans le dos comme des frangins ? Mais soudain, Sigrid ouvre à nouveau la bouche : « Il y a des arguments qui se tiennent des deux côtés », énonce-t-elle solennellement, et je me tourne vers elle.

Sigrid est debout, les mains dans les poches de son pantalon d'été juste un peu trop léger, les cheveux relevés en queue-de-cheval. Si je la prenais maintenant dans mes bras, je sentirais la cigarette et l'arôme de pomme de son parfum favori : une odeur que je n'aime pas mais qui m'excite quand même, oui, ma petite amie est là, c'est Sigrid, je connais l'expression de son visage quand elle jouit, je pourrais dessiner de mémoire le tracé des vergetures sur ses fesses, je connais les noms des animaux de compagnie de son enfance, sa place préférée dans le bus et la position dans laquelle elle dort le mieux. Je l'ai entendue pleurer et vue vomir, elle me laisse entrer dans la salle de bains lorsqu'elle se maquille ou qu'elle est aux toilettes, je sais qu'à ses yeux un lit fait est un tue-l'amour, et je sais reconnaître à son regard quand elle n'est pas d'accord. Elle m'a même confié ce qui l'empêche de dormir la nuit, ce qui me porte à croire que je la connais, mais peut-être que je me trompe, peut-être que je ne la connais pas du tout. Cette idée me rend nerveuse, je dois vérifier si elle est vraie, *je dois la tester* – peut-être est-ce cela, la pensée qui me pousse à faire ce que je fais, à demander ce que je demande : « Qu'est-ce que tu racontes ?

— Je dis juste... » commence Sigrid – mais il est trop tard, je ne veux plus rien entendre.

Je sens que la situation est en train de déraper, je sais que je devrais me taire – dans mon esprit, je présente même déjà mes excuses, parce que j'interromps de nouveau Sigrid, mais je ne peux pas faire autrement, j'ai l'impression d'être une oie, une oie avec un tuyau enfoncé dans le gosier qui la gave de bêtise, c'est ça, je déborde tellement de connerie qu'il faut que ça sorte, une sorte de gros rot irrépressible : « Il faut être complètement *idiot* pour croire que la Shoah n'a pas existé ! »

Même Louis paraît effaré, à présent. Pas à cause de moi, mais de Sigrid : comment va-t-elle réagir à un tel affront, provenant de sa petite amie, par-dessus le marché ? Tout d'un coup, les garçons se mettent à jacasser tous en même temps : la voix de Casquette couvre celle de Capuche, et Louis hurle sur Kyo, impossible qu'ils se comprennent les uns les autres, leurs arguments se noient dans une cacophonie de reproches personnels et d'insultes aléatoires, à croire qu'ils le font exprès, comme s'ils voulaient m'aider en dressant un mur de brouhaha pour me séparer de Sigrid et nous protéger de l'inéluctable.

« Allez vous faire foutre », grogne Sigrid. Et elle s'approche pour me chuchoter à l'oreille – elle a dû voir ça dans un film : « Tout est fini entre nous, Kayleigh. »

Elle s'éloigne, les garçons se taisent. Dans mon souvenir, nous la regardons tous les cinq partir, oui, c'est ainsi que je nous visualise dans mes pensées : moi devant, Louis et Kyo de part et d'autre tels des gardes du corps, Casquette et Capuche juste derrière, comme pour m'empêcher de tomber, de m'écrouler sous le poids de la perte.

Je n'aurai plus l'occasion d'adresser la parole à Sigrid ni de la voir ce jour-là. Elle a sans doute récupéré son téléphone dans son casier et s'est immédiatement rendue à l'arrêt de bus, trois heures avant la fin de sa journée de travail. Je l'appellerai, mais elle ne décrochera pas, ni ce soir-là ni le lendemain ; je serai consternée d'apprendre qu'elle a renoncé à venir travailler chez Hexa le week-end suivant.

Soit, j'avais offensé Sigrid, j'en étais consciente. Non seulement ça, mais je l'avais aussi *dénigrée* devant les autres – chose qu'elle ne supportait pas, ce que je pouvais concevoir. Je ne pouvais raisonnablement pas nier que j'avais été stupide, mais sa réaction m'a paru, comment dire, disproportionnée. J'avais presque l'impression qu'elle avait cherché à me provoquer : c'était elle qui avait commencé à parler de Soros, or elle savait que je ne croyais pas à toutes ces théories complotistes. J'ajoute que la confrontation avec Kyo ressemblait dans les grandes lignes à notre dispute précédente sur la Terre plate, Sigrid aurait dû se douter de la façon dont elle se terminerait – ou bien avait-elle agi de la sorte précisément pour ce motif ? Peut-être était-ce un test, ai-je pensé les jours suivants. Peut-être étais-je tombée dans un piège ; peut-être Sigrid avait-elle voulu vérifier si j'étais capable de me retenir, cette fois. Eh bien, à l'évidence non, elle le savait désormais, mais ce n'était pas une raison pour annuler ses heures de travail – alors que se passait-il, quelque chose m'échappait, mais quoi ?

Peut-être était-ce à cause de Kyo, j'ai encore pensé. De toute évidence, il aimait beaucoup Sigrid, sa façon de la vénérer devait la flatter, peut-être avait-elle voulu éviter de le froisser. Oui, peut-être était-elle gênée de ne pouvoir répondre à ses sentiments, et sa culpabilité l'avait poussée par deux fois à prononcer des paroles très étranges – mais dans ce cas, pourquoi s'était-elle emportée contre moi ? Sa réaction à notre accrochage semblait impossible à justifier, j'ai appris de la bouche de Souhaim qu'elle travaillait dorénavant le soir – mon Dieu, le soir, pour quelqu'un qui souffrait de troubles du sommeil !

C'était de la folie, monsieur Stitic. Et avant de poursuivre, je voudrais vous demander ce que vous auriez fait à ma place. Que feriez-vous si la femme que vous aimez se mettait un beau matin à vous ignorer superbement ? Non pas parce que vous l'avez trompée ou parce que vous avez balancé son chat par la fenêtre, non, en réalité tout allait bien ; hier encore, votre amoureuse vous préparait des aubergines au four, et aujourd'hui, vous l'avez contredite lors d'une fête, c'est tout, et vous souhaiteriez par-dessus tout lui présenter vos excuses, mais vous n'en avez pas l'occasion, parce qu'elle disparaît comme ça, *pfuitt !* de votre vie. Des vêtements à elle traînent encore sur une chaise dans votre chambre, une veste et une écharpe sont accrochées à votre portemanteau. Il reste de l'eau dans la casserole avec laquelle elle a cuit un œuf le matin même, elle a emporté votre chargeur de téléphone par inadvertance. Alors, vous lui passez un coup de fil. Vous envoyez un message pour demander ce qui se passe. Et puis vous envoyez un autre message, et ensuite, avouez-le, encore un, ne serait-ce que pour lui réclamer votre chargeur. Peut-être tentez-vous à nouveau de l'appeler, à ce stade. Peut-être lui téléphonez-vous encore plusieurs fois, et le lendemain aussi, pas vrai ? Et sans doute allez-vous sonder un ou plusieurs amis communs pour savoir si, par hasard, ils ne l'auraient pas vue – admettez-le, vous feriez tout ça, n'est-ce pas ? Maintenant, imaginez que tous ces efforts ne donnent aucun résultat. Imaginez que neuf jours s'écoulent sans que votre amoureuse accepte le moindre contact. Vous vous sentez coupable, vous voulez lui demander pardon, vous êtes également frustré, en colère – sans oublier que vous êtes inquiet, aussi. Après tout, ce comportement ne lui ressemble pas, peut-être se laisse-t-elle influencer par quelqu'un. Ou bien, pour le dire de façon brutale, peut-être est-elle devenue folle, peut-être a-t-elle craqué à cause du manque de sommeil et du stress, qui sait si elle n'arpente pas les rues en hurlant en ce moment même, ou si elle n'entend pas des voix dans sa tête ? Quoi qu'il en soit, vous voulez l'aider, mais pour ça, vous devez d'abord comprendre ce qui se passe. Alors, monsieur Stitic, qu'auriez-vous fait dans une telle situation ?

La même chose que moi, je parie. Tout comme moi, vous auriez attendu votre amoureuse sur le parking de son lieu de travail, pas vrai ?

J'ai tenté ma chance le dimanche soir. Sigrid ne s'était pas présentée ce jour-là non plus, et je supposais qu'elle viendrait en soirée, elle semblait s'être entendue avec les responsables du planning : ils la faisaient travailler quand je n'étais pas là. J'étais parmi les derniers à partir, l'après-midi. Une fois dehors, je suis allée m'asseoir sur notre muret, en partie par habitude, mais aussi parce que, de là, je pouvais facilement voir qui pénétrait dans le bâtiment. Les premiers employés de l'équipe du soir ont traversé un à un le parking, ils arrivaient en voiture. Aux alentours de six heures et demie, le premier bus s'est arrêté, il a déposé quelques collègues qui se sont dirigés en groupe vers l'entrée – tiens, Souhaim était parmi eux ; je me suis redressée, mais je n'ai reconnu personne d'autre.

L'équipe du soir n'était pas mieux payée que la mienne, qui bossait en journée. Elle se composait de gens qui exerçaient un second emploi le jour, ou qui, comme Souhaim, se moquaient de leurs horaires, peut-être parce qu'ils ne parvenaient de toute façon pas à dormir la nuit. Il commençait à faire sombre, j'ai remonté la fermeture à glissière de ma veste, l'obscurité gommait les contours des voitures garées.

C'était une vision étrange que ce parking si familier soudain plongé dans les ténèbres, ces visages inconnus empruntant mon itinéraire habituel, une sorte de monde parallèle ; cet univers alternatif avait-il englouti Sigrid ? Les femmes étaient plus nombreuses le soir. Elles me dépassaient en parlant au téléphone, portant parfois plusieurs sacs au même poignet, j'imaginais les marbrures qu'ils laisseraient sur leur peau, quand tout à coup j'ai cru reconnaître Sigrid, une forme élancée en veste de cuir. Elle marchait vite, je n'étais pas sûre que ce soit elle. Par acquit de conscience, j'ai décidé d'attendre toute la soirée.

Le temps s'est écoulé, huit heures, neuf heures, j'ai fait plusieurs fois le tour du bâtiment, mais je n'osais pas m'éloigner. Et si Sigrid sortait pendant la pause, si l'un de ces points incandescents provenait de sa cigarette ? J'ai joué un peu sur mon téléphone, balayé des blocs du doigt et percé des ballons. Je me suis assise devant le muret plutôt que dessus, afin de pouvoir m'y adosser. J'ai sauté sur place pour me réchauffer, sans jamais quitter des yeux les fenêtres du quatrième étage. Parfois, j'apercevais une silhouette, était-ce la sienne ? Je finissais par conclure que non, ma Sigrid à moi était plus mince, plus grande, ses épaules plus larges, et quelque part, j'étais fière de parvenir à démasquer ainsi ces imposteurs, comme si cela démontrait à quel point je tenais à Sigrid, et justifiait du même coup ce que j'étais en train de faire.

Vers une heure et demie du matin, les premiers employés ont quitté le bâtiment. Je me suis postée près des portes coulissantes, ce qui n'était pas franchement discret – je discernais mieux les visages dans la lumière du hall. Quand Souhaim est sorti, j'ai sursauté et baissé les yeux, espérant qu'il ne me reconnaîtrait pas. Nos collègues du soir se sont traînés l'un après l'autre en direction du parking, personne ne bavardait, mon rythme cardiaque s'est accéléré lorsque j'ai vu la femme à la veste en cuir, même si j'ai presque tout de suite compris que ce n'était pas Sigrid. Au bout de trois quarts d'heure environ, il n'y avait plus personne, et l'adrénaline a reflué de mon corps. Elle n'était pas là. Cependant, j'ai pensé : elle sera peut-être là demain. En effet, j'étais moi-même en congé ; si, comme je le supposais, Sigrid m'évitait volontairement, il serait logique qu'elle vienne travailler.

J'ai calculé qu'il devait encore s'écouler cinq heures avant l'arrivée de la première équipe du matin. Le bâtiment était resté ouvert, peut-être pourrais-je dormir dans la remise, si je poussais le matériel sur le côté. Je pourrais me glisser à l'intérieur et, hop, monter l'escalier, mais avant que j'aie pu me décider, un gardien est venu verrouiller les portes à l'aide d'une minuscule clé, du genre qui sert à fermer le cadenas d'un journal intime. Je me suis retrouvée toute seule sur le parking, dans le noir. Transie de froid, j'ai marché jusqu'à notre muret ; pourrais-je me réfugier derrière ? Je me suis allongée, j'ai senti les dalles rugueuses à travers ma veste et j'ai relevé un genou ; je dormais comme ça aussi dans mon lit. Le sol était dur et froid, mais le muret me protégeait, j'étais à l'abri du vent, et l'obscurité me calmait ; j'ai toujours trouvé les ténèbres rassurantes, comme si elles engloutissaient les monstres plutôt que de les dissimuler. J'ai fermé les yeux et me suis imaginé rester là jusqu'au lever du soleil. J'aurais pu, ai-je pensé dans le taxi qui me ramenait à la maison.

Le lendemain, à dix-sept heures trente, j'étais de nouveau devant le muret. Je me suis assise par terre, comme je l'avais fait la nuit précédente, mais cette fois j'étais préparée : j'avais apporté des bananes et une écharpe qui avait appartenu à ma mère – précaution superflue, car Sigrid est sortie au bout d'une heure. Mes pectoraux se sont contractés dès que je l'ai aperçue. Elle avait donc bel et bien modifié ses horaires pour m'éviter.

Je suis allée à sa rencontre et j'ai remarqué qu'elle tressaillait. « Merde », a-t-elle dit à voix haute avant de s'immobiliser au milieu du parking. J'ai levé une main et, pendant un instant, nous sommes restées face à face, sans dire un mot. Sigrid a fait un signe de tête en direction des bureaux, comme un dealer qui veut demeurer hors de vue de la police, puis elle s'est mise à marcher dans cette direction.

« Qu'est-ce qui te prend ? » a-t-elle lancé. Nous étions à présent devant le bâtiment, non loin de l'endroit où j'étais restée plantée comme un piquet la nuit d'avant, près de la porte.

« Pourquoi t'es si en colère ? j'ai demandé.

— Parce que tu me fous les jetons, tiens, a dit Sigrid, et elle a jeté des regards autour d'elle comme si elle s'apprêtait à me glisser une enveloppe dans les mains. C'est du harcèlement, tu m'appelles trente fois par jour », a-t-elle sifflé ; sa réponse m'a troublée.

« Ce n'est pas ce que je voulais dire, j'ai corrigé. Je voulais savoir pourquoi tu me fuis ?

— Oh, a dit Sigrid en hochant la tête avec véhémence. Donc tu reconnais que tu me harcèles ? Souhaim m'a dit que tu étais déjà là hier soir.

— C'est vrai, je te cherchais, je voulais juste te parler.

— Tu aurais pu demander à me voir, tout simplement ?

— Mais tu ignores mes messages.

— T'en sais rien.

— Quoi ?

— Tu sais pas si je t'aurais ignorée ou non. »

Sigrid me faisait tourner en bourrique, monsieur Stitic. Et ça ne me mettait pas en colère, ça me faisait peur, parce que Sigrid, ma belle et douce Sigrid, me toisait, les bras croisés ; la situation me rappelait vaguement le passé, quand Kitty et Shanice m'avaient une fois de plus piqué mon cartable ou mon skateboard, et que j'avais demandé à un prof d'intervenir : « Tsss, pourquoi elle nous le demande pas directement ? » – à l'époque, mon impuissance avait fait naître en moi une sorte de rage féroce qui me donnait envie d'enfoncer le collier de quartz rose de Kitty dans sa gorge, mais à présent que Sigrid tenait des propos tout aussi irrationnels, je me sentais surtout gagnée par la panique. Un instant, juste un instant, j'ai cru que j'étais tombée dans un piège. Que toute ma relation avec Sigrid avait été une plaisanterie, le résultat d'un pari avec les garçons, peut-être, un pari relevé la première fois où ils m'avaient vue avancer vers le muret : chiche qu'on arrive à lui faire gober qu'elle est jolie.

Sigrid a baissé les bras. « OK », a-t-elle dit d'un ton que je ne parvenais pas à décrypter ; était-ce de la provocation ?

« T'as qu'à me dire ce que tu avais à me dire.

— Je suis désolée, j'ai répondu précipitamment.

— À propos de quoi ? » a demandé Sigrid, et j'ai trouvé sa question vaguement étrange, même si je n'ai pas cherché à changer de sujet ; un peu comme quand on remarque qu'une crevette a un arrière-goût bizarre alors qu'on est déjà en train de l'avaler – j'ai poursuivi : « Je suis désolée de m'être énervée quand tu as parlé de la Shoah. » J'avais tenté d'être aussi diplomate que possible, mais au mot « Shoah », Sigrid s'est mise à secouer la tête. « Tu comprends pas, hein ? a-t-elle dit. Tu comprends vraiment pas. »

Les paroles que Sigrid a prononcées ensuite m'ont prise au dépourvu. Ou plutôt, soyons honnête : elles m'ont anéantie. Elle a dû remarquer que j'étais pour le moins choquée, et quelques jours plus tard, elle m'a envoyé un e-mail où elle me réexpliquait tout, pour me donner le coup de grâce ou pour m'aider à comprendre, je n'en sais rien – j'ai effacé son message sur-le-champ, coché la case « Supprimer » avec l'ardeur de quelqu'un qui essaie de faire disparaître une tache de sang menstruel sur son pantalon. Et quand je repense à notre dernière conversation, là, près de l'entrée de notre lieu de travail si familier, je suis incapable de dire où mes souvenirs de cette discussion chevauchent, recoupent ou supplantent ceux de l'e-mail – soit, je tourne autour du pot. Voici ce qu'affirmait Sigrid.

Elle ne voulait pas toujours la même chose que moi. Elle me l'avait signalé. Je n'écoutais pas. Je n'arrêtais pas de transgresser ses limites. Et j'étais complètement parano, par-dessus le marché. Oui, je lui avais flanqué la frousse. Elle ne savait pas comment prendre ses distances.

Tu étais tellement autoritaire, tu savais tout mieux que les autres.

J'ai parlé de toi à Pete, il s'inquiétait pour moi.

Quand je te disais simplement : je n'ai pas envie de faire l'amour, tu te masturbais alors que j'étais juste à côté de toi !

Regarde, Kayleigh, regarde l'écran !

« Les traumatismes secondaires provoqués par une exposition prolongée à des images choquantes peuvent entraîner dépression, anxiété et pensées paranoïaques », c'est ce qu'affirme votre communiqué de presse, pas vrai ? Je veux bien le croire, mais lorsque je réfléchis à Sigrid et moi, je ne sais pas qui de nous deux souffrait de paranoïa, même si j'ai tendance à croire que ma confiance à moi était totale quand je l'ai laissée caler son téléphone sur le rayonnage de gauche dans la remise, un jeudi après-midi.

« C'était une bonne idée », ai-je même dit ensuite.

J'estime qu'on peut difficilement taxer mon comportement de méfiant, pas vous ? Je trouve au contraire que j'ai été terriblement naïve, parce que la dernière fois où nous étions ensemble devant les bureaux, Sigrid a sorti son téléphone de sa poche.

« Regarde, Kayleigh, regarde l'écran !

— Qu'est-ce que c'est ?

— C'est nous. »

J'ai regardé, mais j'avais du mal à distinguer les silhouettes floues à cause de la réverbération de la lumière. Sigrid a augmenté le volume et agrandi l'image avec le pouce et l'index.

« Dis-moi ce que tu vois.

— Ce que tu viens de dire : je nous vois, toi et moi.

— Et tu trouves ça normal ?

— Je vois rien de spécial.

— Ah non ? Écoute bien ce que je dis. »

Sigrid a pressé le téléphone contre mon oreille.

« Arrête, je comprends rien.

— Bordel, Kayleigh ! »

Sigrid a baissé l'appareil et redémarré la vidéo.

« Imagine que c'est un ticket. Tu dois le traiter au travail, qu'est-ce que tu fais : tu laisses ou tu supprimes ?

— Ça suffit, enfin !

— Non, je suis sérieuse : c'est un ticket, qu'est-ce que tu vois ?

— Je vois rien.

— Dis-le !

— Contenu à caractère sexuel, j'ai répondu à voix basse. Pas de téton féminin, pas d'organes génitaux : on laisse.

— Ah oui ? Et ça, alors ? »

Sigrid a pointé quelque chose sur l'écran.

« Asphyxie érotique, sans contusion ni blessure visible, donc : on laisse.

— Et la contrainte, t'en fais quoi ?

— Aucun indice de contrainte, donc : on laisse.

— Merde, Kayleigh, écoute ce que je dis, écoute ! »

Sigrid allait de nouveau me coller l'appareil froid contre l'oreille, quand au même moment Souhaim et Louis ont surgi du bâtiment. Je suppose qu'ils étaient juste derrière elle lorsqu'elle était sortie et qu'ils s'étaient cachés dans le hall en m'apercevant, poussés soit par leur inquiétude pour Sigrid, soit par un voyeurisme morbide – aujourd'hui encore, j'espère que cette dernière explication est la bonne.

« Tout va bien ? » a demandé Souhaim. Je m'attendais à ce que Sigrid baisse son téléphone, mais elle ne l'a pas fait. Au lieu de ça, elle l'a tendu à Louis : « Si cette vidéo était un ticket, a-t-elle dit, est-ce que vous la laisseriez en ligne ? »

Souhaim et Louis se sont penchés sur l'écran, songeurs. « Que dit celle de gauche ? a demandé Souhaim. Je la vois faire non de la tête, mais que dit-elle ? » et il a voulu porter le téléphone à son oreille, mais Louis l'a saisi par le bras : « Putain, les filles, mais c'est vous ! »

À ce moment-là, j'avais déjà fait demi-tour. J'ai traversé le parking pour la dernière fois, j'ai relevé la capuche de ma veste et fait semblant de ne pas entendre les cris de Sigrid.

Dans les jours qui ont suivi cette dernière confrontation sur le parking, j'avais tellement honte qu'il m'arrivait de me gifler à l'improviste. Je regardais un film sur les aventures de pilotes de course, mes pensées revenaient à ce qui s'était passé, et vlan ! une marque rouge sur la joue. Ou bien je matais du porno, imbécile que j'étais : vlan ! vlan ! vlan ! devant à peu près tout ce qui passait à l'écran. J'ai mis plusieurs fois le réveil avec l'intention de retourner chez Hexa, mais mes tentatives sont restées lettre morte.

Je n'ai jamais eu l'occasion de revoir Sigrid ni de lui reparler, pas plus qu'à Souhaim, Robert, Louis et Kyo. Pourtant, j'ai longtemps espéré que tout finirait par s'arranger. Que Sigrid et moi nous nous reverrions, que nous redeviendrions amies, et peut-être plus, qui sait.

J'avais même échafaudé tout un plan, monsieur Stitic.

No Mona Lisa, Morgan Freeman, chocolat.

La maison des parents de Nona était à quatre heures de route à bord de la vieille Buick de tante Meredith (à qui j'avais révélé quel genre d'emploi j'avais exercé les mois précédents, même si j'avais menti sur les raisons de mon départ ; je n'en pouvais plus, avais-je prétexté, et sans me questionner davantage, elle m'avait prêté sa voiture pour un long week-end à la plage, « histoire que je puisse me vider la tête » – bien sûr, bien sûr).

C'était une maison sur un bout de terrain juste en dehors d'une ville de taille moyenne, Nona avait dû passer son enfance à pêcher des têtards et à monter à poney. J'ai dépassé l'habitation pour me garer un peu plus loin le long de la route, j'ai imaginé Nona prendre le bus vers le centre-ville le vendredi soir, et je me suis demandé si elle avait apprécié les cocktails écœurants à l'ananas et les langues gluantes des garçons sur lesquels elle n'avait pas manqué de tomber.

C'était un jour de semaine de la fin septembre, à six heures du soir ; je supposais que les parents de Nona étaient chez eux. Dans la voiture, j'avais répété ce que j'allais dire. Je connaissais quelqu'un qui avait vu l'une des dernières vidéos en direct de Nona (pas en tant que modérateur, bien sûr, juste une personne normale). Cette amie proche n'avait pas su quoi faire, elle n'était pas intervenue, et à présent elle n'en dormait plus la nuit ; avaient-ils un message pour elle, par exemple que ce n'était pas sa faute ? Peut-être trouveraient-ils ma question indécente. Dans le pire des cas, les parents de Nona me mettraient à la porte, mais dans le meilleur des cas, ils accorderaient leur pardon à « mon amie proche » – une absolution que je lui transmettrais, peut-être sous la forme d'une lettre signée par les deux parents, au-dessus d'une tasse de cappuccino, tout en lui tenant la main. Et même si Sigrid la retirait, elle saurait apprécier mon geste à sa juste valeur, elle verrait combien mes efforts étaient nobles.

Le couloir était allumé, j'ai sonné, mais il ne s'est rien passé. J'ai appuyé une nouvelle fois sur la sonnette : pas de remue-ménage, pas de murmures étonnés. J'ai fait quelques pas dans le jardin pour épier à travers la fenêtre du salon : les rideaux beiges étaient fermés, et une faible lueur brillait à l'intérieur, une lampe de bureau pour dissuader les cambrioleurs, ai-je supposé. J'ai contourné la maison, la pelouse était mal entretenue, les parents de Nona étaient peut-être en vacances. Ou peut-être avaient-ils préféré se réfugier dans leur famille pour pleurer leur fille, incapables qu'ils étaient de supporter leur propre lieu de vie, oui, ce devait être ça : ils voyaient encore Nona assise dans le fauteuil à bascule au fond du jardin, bien sûr, ils l'entendaient rire quand ils s'installaient dans la véranda – tiens, j'ai pensé, serait-ce la fenêtre de sa chambre ?

Tant la porte d'entrée que celle de la véranda étaient fermées à clé. Mais il y en avait une autre, sur le côté droit du bâtiment, en bois vermoulu, couverte d'un dépôt verdâtre, j'ai tourné la poignée et donné un coup de pied dans le panneau inférieur, et elle s'est ouverte d'un coup dans un craquement grinçant qui, si la porte n'en avait pas été une, aurait tout aussi bien pu exprimer la surprise que l'indignation.

Je me suis retrouvée dans une petite annexe qui menait à une cuisine au comptoir couvert de chandeliers en argent. Je les ai reconnus, ils étaient vendus par le magasin de meubles en ligne au centre d'appels duquel j'avais travaillé, et je savais qu'ils avaient l'air plus chers qu'ils ne l'étaient en réalité.

Le mur de l'escalier qui conduisait au premier était décoré de photos encadrées. Nona bébé assise sur une élégante table à langer en chêne massif, Nona petite fille batifolant les pieds dans les vagues, Nona un peu plus grande grimpant sur un chameau. C'étaient de belles photos, bien exposées, mais toutes naturelles ; peut-être ses parents étaient-ils doués pour appuyer sur le déclencheur au bon moment, ou peut-être Nona était-elle le genre de fille qui savait quand détourner les yeux pour ressembler à elle-même. Plus je gravissais les marches, moins les cadres étaient nombreux ; apparemment, les habitants avaient laissé de la place pour des photos de Nona qui n'avaient pas encore été prises, et quand j'ai pris conscience qu'elles ne le seraient jamais, ces pans de mur blanc ont soudain revêtu un caractère solennel, l'équivalent visuel d'une minute de silence ; j'ai retenu ma respiration en les dépassant.

Il y avait quatre portes à l'étage. La première que j'ai ouverte donnait sur une salle de bains, la deuxième sur la chambre de Nona. J'ai allumé la lampe. Pas de fleurs ni de cartes sur le lit ; en fait, la couette bleu vif était même négligemment entrouverte – selon toute apparence, les parents conservaient la pièce dans l'état exact où ils l'avaient trouvée, ce jour atroce. Je me suis dirigée vers le bureau contre le mur, à droite. Nona y avait disposé des photos, ses cadres étaient un peu plus exubérants que ceux de ses parents : l'un, de couleur lilas, était censé imiter celui d'un tableau ancien, deux autres en fausse fourrure rose et un troisième rehaussé de papillons en relief contenaient des photos de Nona et de ses amis, j'ai vu des bouches qui tiraient la langue, des joues rougies de jeunes filles et un cliché sur lequel Nona, beaucoup plus mince que sur les autres photos, posait toute seule devant le château d'un parc d'attractions. J'ai saisi le cadre, celui avec les papillons, je l'ai levé devant mes yeux. Et qu'est-ce que j'ai vu, au juste ?

Nona souriait, les lèvres jointes, dans une pose très différente de celle des photos de la cage d'escalier. Son attitude plus adulte contrastait avec l'arrière-plan joyeux, des tourelles roses qui semblaient pour ainsi dire jaillir de derrière son crâne. Elle portait une jupe et un tee-shirt moulant qui révélait son ventre plat. Y avait-il des éraflures sur ses bras, ses genoux n'étaient-ils pas anormalement osseux ? J'ai marché jusqu'à la fenêtre pour examiner la photo à la lumière du jour ; la qualité n'était pas très bonne, elle avait sans doute été prise à l'aide d'un téléphone, puis agrandie, je distinguais quelques pixels ici et là.

Un trousseau de clés a tinté, en bas. Des bruits de pas dans le couloir, la voix fatiguée d'une femme, les paroles rassurantes d'un homme, et soudain je me suis vue dans la pièce, comme sur les images floues d'une caméra de surveillance. Oui, c'était bien moi, debout dans la chambre de Nona près de la fenêtre, son portrait, ses joues creuses et ses pâles poignets d'adolescente juste devant mon visage, et je me rappelle encore avoir pensé : mon Dieu, qu'est-ce que je fais là ?

SOURCES

Ce roman est une œuvre de fiction, les personnages et leur histoire ont été inventés de toutes pièces. Les ressemblances avec la réalité ne sont toutefois pas fortuites. Dans le cadre de mes recherches sur les conditions de travail des modérateurs de contenu à travers le monde, je me suis servie, entre autres, des livres, études, documentaires et articles énumérés ci-dessous, que je recommande à toute personne souhaitant en savoir plus sur ce sujet.

BLOCK, Hans et RIESEWIECK, Moritz, *The Cleaners*, Gebrueder Beetz Filmproduktion, 2018.

CASSIDY, Ciaran et CHEN, Adrian, *The Moderators*, Field of Vision, 2017.

CHARON (DE), Sjarrel, *De achterkant van Facebook. 8 maanden in de hel*, Prometheus, 2019.

CHEN, Adrian, « The laborers who keep dick pics and beheadings out of your Facebook feed », *Wired*, 23 octobre 2014.

GILBERT, David, « Bestiality, stabbings, and child porn : why Facebook moderators are suing the company for trauma », *Vice News*, 3 décembre 2019.

GILLESPIE, Tarleton, *Custodians of the Internet. Platforms, Content Moderation, and the Hidden Decisions that Shape Social Media*, Yale University Press, 2018.

HERN, Alex, « Revealed : catastrophic effects of working as a Facebook moderator », *The Guardian*, 17 septembre 2019.

HOPKINS, Nick, SOLON, Olivia *et al.*, « Facebook files », *The Guardian*, 2017.

KOEBLER, Jason et COX, Joseph, « Content moderator sues Facebook, says job gave her PTSD », *Vice Motherboard*, 24 septembre 2018.

KRELING, Tom, MODDERKOLK, Huib et DUIN, Maartje, « De hel achter de facade van Facebook », *de Volkskrant*, 21 avril 2018.

NEWTON, Casey, « The Terror Queue. These moderators help keep Google and YouTube free of violent extremism – and now some of them have PTSD », *The Verge*, 16 décembre 2019.

NEWTON, Casey, « The Trauma Floor. The secret lives of Facebook moderators in America », *The Verge*, 25 février 2019.

ROBERTS, Sarah T., *Behind the Screen. Content Moderation in the Shadows of Social Media*, Yale University Press, 2019.

#lisez! engagé
www.lisez.com
Pour plus d'information :
Imprimé sur du papier issu de forêts gérées durablement.

10/18 – 92 avenue de France, 75013 PARIS

Imprimé en France par CPI

N° d'impression : 3051007
X08104/01